빛이 떠난 자리
바람꽃 피우다

지은이 조성범

시인이자 건축가. 충남 홍성에서 태어나 수원공고·충북대 건축과를 졸업하였다.
월간 한국문단의 제12회 낭만시인공모전에서 대상을, 제4회 청계천백일장 시조
부문에서 장원을 받았다. 한국신춘문예 2012년 여름호 등에 시를 발표하였다.
공저로 『김수환추기경 111전』·『마더데레사 111전』·『달라이라마 111전』·『한
국의 얼 111전』이 있다.

csb2757@hanmail.net

빛이 떠난 자리 바람꽃 피우다

ⓒ 조성범, 2014

1판 1쇄 인쇄__2014년 01월 01일
1판 1쇄 발행__2014년 01월 10일

지 은 이__조성범
펴 낸 이__양정섭

펴낸곳__작가와비평
   등 록__제2010-000013호
   주 소__경기도 광명시 소하동 1272번지 우림필유 101-212
   블로그__http://wekorea.tistory.com
   이메일__mykorea01@naver.com

공급처__(주)글로벌콘텐츠출판그룹
   대 표__홍정표
   기획·마케팅__이용기
   편 집__최민지 노경민 배소정 김현열
   디자인__김미미
   경영지원__안선영
   주 소__서울특별시 강동구 천중로 196 정일빌딩 401호
   전 화__02-488-3280
   팩 스__02-488-3281
   홈페이지__www.gcbook.co.kr

값 12,000원
ISBN 979-11-5592-102-9 03810

작 가 와 비 평
시   선

빛이 떠난 자리
바람꽃 피우다

조성범 시집

작가와비평

손가락 마디를 분지르느라
시간이 울음을 터뜨렸습니다.
하늘을 부여잡고
땅을 파느라
허공을 길어
적초하게 산화하는
울음뼈 하나하나 걸러내어
빈 그릇에 올립니다.
이미 산이 무너진 억겁의 찰나
세월이라는 이름에 부어
자근자근 쓴 바람을 단다.
바람에 써 내려 간
시간의 발자취
빛이 울어 부르튼
빛물의 껍줄을 주워
빛이 떠내려간 자리에
바람 한 무더기 모아

슬쩍 풀어요.
그냥 빈 곳간을 물어
땅에 앉아 지친 바람과 빛
그림자의 사연을
빛을 태워 살라요.

2013년 11월
조성범

1부_바람이 머문 자리

2부_ 빛과 그림자 길을 걷다

3부_ 꽃향기 풀어

5부_ 사랑을 타다 그리고 지하철

바람이 머문
자리

나비

하늘을 묻히려
검지에 앉아
허튼 손끝 핥다
잠들면
어쩌나

찬 설음 지고 삭풍을 게우면

꾸부정한 등허리 자투리에 시름꽃 피었네
깊게 패인 주름살에 녹슨 청춘이 말라붙어
철 지난 논두렁에 걸친 거미줄이 허공을 파느라
반쯤 핀 홍매화가 찬 설음 지고 삭풍을 게우면
할미꽃, 언덕배기 봉분 뒤켠에 수북이 피려나
자줏빛 긴 털이 봄빛을 쓸어 새싹을 틔우려

바람 불어도 그림자 나뭇가지를 흔들 뿐이네
해가 중천에 쏟아져도 푸른 하늘 밤을 업느라
달그림자 칠흑을 검게 그을려 검은 가지 꺾어
밤을 이개고 새벽 달 태워 창공에 올리려고
날이 밤이 되어도 밤낮은 해달을 묶지 않네

밤빛도 인력시장의

밤빛도 인력시장의 구슬땀을 눕히지 못하고
밤새 갈잎 그을리는 늦가을도 인심을 못 태우네
어둠이 타오르느라 밤하늘의 달그림자 빛을 놓아
억겁을 돌고 돌아 생명의 질긴 찰나에 숨을 뿌리고
연의 끝에 선 한 무리의 숨빛이 말을 매달고 있네

인력 물류시장 상하차 24시

밤을 진 어둠의 자식
낮을 도망친 숨빛
홈쇼핑 택배 물류를 분류하고
25톤 15톤 뚜껑 있는 트럭
철야 12시간
밤을 분해하고 담기를
해질녘 7시에 연을 풀어

날이 정지된
새벽과 아침의 경계선의 끝
다음날 아침 6시
몸뚱이를 놓다

해를 끄집어내리려
달랑 몸값 6만 5천 냥에

달을 붙들어
어둠에 빛을 먹이려
숨값 치고는 밤이 적막하다

까닭을 지진 사연
피의 가시가 하나 둘 숨고
두 발 달린 짐승의 울분
이십 줄 청춘부터 육십을 넘긴 할비까지
숨질을 아낌없이 토한다

누구는
잠 못 이루는 밤을 새우느라
뭇 밤을 질퍽거려

질긴 생을 기려
꺼이 꺼이 목을 지지며

메뚜기 한철을 속죄하느라
밤이 낮이 되도록 빌고 빌다

등걸을 흘러내리는 땀조차
폐부의 숨결에 미안타

일평생을 살아내며
온몸을 씻는 땀을 쏟은 적이
나에게 있었는가

반평생, 지천명이 되서야
몸속 뼈마디 관절의 슬픔을
허리를 무릎에 골백번 내리며
달게 치르네

살아생전에
늦은 생을 뜬다

▸ 이 글을 이 시각 밤을 누이는 생의 끈, 물류 벗에게 올립니다. 여러분이 밤눈 뜬 시간을
깨고 있어 고객은 행복합니다.

언덕의 턱

달이 무릎을
별이 훔치는 날
무심히
가로등은 언덕을 자시다
배터져 비틀비틀
빛을 오르려
어둠을 지친다
낮이 쓰러진 자리
헐레벌떡
밤을 잡느라
산머리 골을 팬다
빛이 한 단 두 단 세 단
빛을 찢으며
언덕을 핥는다

들판에 꽃이 핀들

들판에 꽃이 핀들 이 내 맘 편치 않소
꽃들이 활짝 펴도 외양만 화려하네
꽃 중에 제일가는 꽃은 인심천화이구나

만추가 저물어도 향기는 넘치누나
해넘이 서산 넘어 먹빛에 잠기느라
파리한 빛 보따리에 해를 놓고 떠나누

해걸음 해돋이와 손 놓고 가려하니
묵은 땀 햄쑥하게 말라서 목을 매려
오천 리 백두대간에 붉은꽃이 흐르네

빛이 쓰러져 산길에 그림자를 눕히다

산길을 들어 올려 나지막하게 낮추어 걸어가도 산의 등허리에 기댄 길이 변하겠는가. 걸어가는 길, 오솔길을 걷든, 산마루 넘어뜨린 산 그림자를 누인 고즈넉한 방죽 길을 걷던, 벌판을 가로지르는 냇둑 뚝방 길을 걷든, 해울음 석양거너미 빛 놀이에 넘실거리는 서해안 바다가 소금꽃 피어내는 소금밭 염전 길을 걷든, 북한산 백운대를 오르며 벼랑을 구르는 생의 입김을 불사르던, 서울의 심장을 도도하게 묵언으로 밤낮을 거침없이 반추하는 한강 뚝방 아랫길을 걷든, 빛은 길바닥에 자지러지는 그림자를 업고 하염없이 들과 내를 묻히고 산경을 훔치고 구름바다의 뭉개 꽃구름을 피어 내리며 땅심을 기른다. 길에는 사람길이 나기 훨씬 전에 산하를 포효하던 네 발 달린 짐승의 울음이 세월을 가르고 가시덤불을 분지르며 피로 적어 내린 땅바닥의 지문이 아로 새겨져 있고, 깡쭝깡쭝 굽은 다리가 먼지 닳도록 흰 털을 휘날리며 바위만한 떡대 큰 멧돼지의 발자국 소리에 놀라 자빠지며 산기슭을 탈주하는 파리한 생이, 감히 다가서지 못하는 가시밭이 처진 길이기도 하다. 시골 늙은 할비의 지게에 장작더미, 솔잎 가득 지고 어린 아들래미 앞세워 걸으며 늦가을, 초겨울을 뿌리느라 온몸이 멍이 든 이름 모를 잎사귀의 바스락거림에 발을 저으며 산길을 타기도.

빛이 머문 길에는 산천의 그림자가 산을 업고 온몸으로 쓴 기억의 잔해가 곳곳에 아련히 삭혀 있다. 오솔길에는 등성이를 쓰치고 간 바람의 긴 역사가 달게 숨을 놓으며 빛과 그림자를 적신 산의 짙은 향기가 소슬하게 잠들어 있다가, 인적을 쓰느라 나뭇가지 다바삐 먹새를 부르려 경종을 울리느라 부산하다. 삶이 연이 되기 훨씬 전에 산바람은 뫼를 밀어 산을 쓸고 닦은 수천 수만 억 겹의 사연이 적층되어 시퍼렇게 쌓여 있다. 풍경소리 해와 달을 절이어 산하를 풀고 도닥이느라 엎치락뒤치락 밤을 지새운 떨리는 피안이 잠들어 있다. 그림자 머문 산길을 함부로 밟고 걷지 말지어다. 아무나 왔다갔다하며 덜 떨어진 눈물을 매려 산가지 부러트리며 산을 패려하면 산그림자는 길을 묻으리라. 삭풍을 기억하는 쓴내 나는 풍경의 사연을 기르며 상수리나무, 갈참나무, 물푸레나무, 잣나무, 솔나무, 진달래꽃, 낮은 관목이 목을 낮추며 님의 숨소리, 발소리를 무겁게 받치고 있으니.

아내의 발

눈을 뜨니
아내의 발이 허리를 감고 있다.

일평생을 진이 나도록 고생했건만
뭣이 좋다고 잠결이라도
방랑자 이 남정네의
몸뚱아리를 칭얼칭얼 두르고 있나.

같이 자는데 익숙하지 않아
거실에서 혼자 자는 편인데
한기에 쪽방으로 들어가 한숨자니

나는 없고
아내의 눈물이 나를 두르고 있다.

속알머리 없는 사내와 살아주느라
진저리가 날만도 한데
사면(四眠)의 깊은 밤은
나를 짓누르고 있었다.

갈잎의 고해

골짜기마다 홍단풍, 청단풍, 상수리나무, 갈잎나무가
붉게, 노랗게, 누렇게, 형형색색으로 곱게 타오르고 있는
고봉절정의 늦가을이었습니다.
사그라지는 뭇 상들은 마지막 불꽃을 저리게 태우고서
적막강토에 시리게 눈꽃, 얼음꽃을 피우나봅니다.
돌고 도는 윤회의 끄트머리에서 최후의 만찬을 자시는 듯
산하는 그렇게 그냥 붉은 옷을 늘어지게 걸치고
울음으로 파리하게 가득차 넘치고 있었습니다.
뒤죽박죽 어지러이 섞이어
골마다 큰키나무, 작은키나무, 상록수, 낙엽송 굽이굽이
어깨를 내주며 뿌리 흙을 빌리며 거름을 나누며 빛으로 산
란하고
진한 빛깔, 엷은 빛 뭉치 얼굴을 불그레 붉히며 푸른 하늘을
창창히 이고서
떡갈나무 갈잎은 솔가지 틈새기에 쏟아지고
솔나무 비늘은 허공을 찔러 물리치느라
팔목 퍼렇게 붓도록 갈참나무 고운 빛 무덤을
두 눈 부릅뜨고 보초를 선다.
붉은꽃 꽃물이 산기슭을 붉게 흘러 적시며

내를 거처 뻘에 다가갈 즈음

　푸른 바닷물은 허연 밀물을 밀어 올려 뭍의 생을 침잠시키
리다.

　하늘을 휘젓는 갈잎 하나 산을 태우느라 허공에 적멸하네.

바람의 길

바람의 길
억만 겹의 흔적이 바람이 되어 바람으로 흘러가는
차곡차곡 적층되어 묻혀 있는 영혼의 숨소리를 깨우며
숨소리도 줄이고 생명을 털어내는 길이며
대초원의 투명하고 광활한 산하에서
영혼이 뛰논다
돌바람으로 휙휙 한순간에 흘러가는 길이다

등 뒤의 길
속세의 덮은 등 뒤에서 미끄러져 떨어지고
뒤는 돌아보지 않고 앞만 보고 무소의 뿔처럼
걷고 걷는 길이며 단 한 번의 멈춤도 없이
가는 길을 내려놓고 돌아올 길이 없는 길이며
말 빛은 벗어버리고 숨 빛으로만 걸어가는 길이다

순례자의 길
삶의 지푸라기를 남김없이 태우고
생명의 연을 내려놓고 혼 소리를 찾아 걷고
말소리의 흔적조차 없이 세상의 시간이 멈춘

기쁨의 소리조차 내려 세상의 인연을 풀어놓고
남김없이 불태우며 마음으로 걸어가는 길이다

존재의 길
생존의 싸움소리도 바람으로 씻어내고
세상의 이끼를 하나하나 내려놓으며
값진 세상의 유물로부터 해방되어 떠나가는
몸에 걸친 옷을 한겹 한겹 벗어버리고 알몸으로
숨결만으로 부드럽게 거짓이 없이 걸어가는 길이다

해탈의 길
욕심을 내려놓고 영원을 찾아가는 길이며
바람이 걸어간 혼적을 기억하며 걷고 걸어가
순례자가 씻어낸 세상의 연을 곱씹으며
바람의 빛을 찾아 무심(無心)으로 가는 향기의 길
무량(無量)의 세계로 걸어 영혼을 찾아가는 길이다

영혼이 마중 오는 길
원초의 숨결이 피안을 넘고 전쟁의 사막을 건너

태초의 숨소리를 쫓아가는 길에 영혼의 빛이 마중 오는
자유의 길, 이상향을 향해 한발두발 내딛는 길이며
나를 넘어서 본래의 나를 찾는 관조(觀照)의 길이며
속세의 영감을 풀어놓고 천지일체(天地一體)되는
온전한 하나의 길을 무심의 빛으로 인도되는 길이다

길을 가다
길에게 묻지 말고
길을 간들 길이 없으니
길이 길이고 길이 없음이다
바람은 부는데 바람은 멈추어 있고
길의 길은 무형(無形)이니
무엇이 방향이고 길인가

풍경소리

산을 씻고 풀잎의 향기를 적시어
태초의 적막을 되새김질하며
놋쇠에 녹이고 스스로를 멸한다.

창백한 밤하늘의 저승길을 훔쳐보기도 하고
쉼 없이 낙화하는 유성의 긴 꼬리에
목이 잠기어 울음을 삭히기도 한다.

사계의 빛 놀음에 눈이 멀어
눈 뜬 장님으로
머리 조아리며 산길을 오르는
중생의 두 손에 든 백팔번뇌를 우려낸다.

산천초목에 소리되지 못한
떠도는 중생의 혼뿌리를 씻느라
이슬 한 술 뜨고 풍경의 지문을 새긴다.

뎅그렁 뗑그렁
향기를 우려낸 소리향은

인심의 바다로 메아리를 지어
저 아래 산 밑을 기웃거린다.

산속

나무는 나무로 곁가지 부딪치며 손짓하고 세까지는 밑동을 붙들려

나무는 땅에서 땅속으로 가지로 뿌리로 연이 되어 입김을 핥아

길게 뻗은 적송의 나뭇가지가 상수리나무 잎사귀에 솔잎 떨구고

솔잎에 찔린 허공은 촘촘하게 누워 솔바람 한 움큼 떠서 건네려

무거워진 솔향기 실눈 뜨고 톡톡 두드리며 헐겁게 시나위 하네

만년송 껍데기 비늘갑옷을 덮고 산바람 하나둘 누울 즈음

억 겹을 푼 송진의 여린 몸살이 굳어지며 호박은 묵언 수행을

산중에 떠밀려온 씻나락 한 알을 품으려 빛바랜 달빛을 풀어

마른침 삼키며 밥알을 고르듯 허공에 돋은 잡초를 김매느라

서산마루 석양거너미

산중의 갈잎나무 서슬바람에 소요하며

서산마루 석양거너미 산천을 물들이느라

벼랑을 타고 내리는 천길 뭉게구름을 길어

낙화하는 밤톨은 산심(散心)에 누워

폭포의 물줄기는 산산이 온몸을 지지는구나

개똥벌레 자빠지다

되똥되똥
언덕받이를
떼구루루 굴러
산을 쏟는다

솔솔바람에 떠밀려
무덤을 굴리느라
알몸뚱이
파리하게 질렸다

덜커덩
산이 무너져
풀밭에 자빠진다

소리 향

소리가

쓰러진 곳

묻은 자리

자연이 눕다

시인의 공기밥

쌀독이 비우면 물 한 바가지 드셔요
물이 떨어지면 공기 한 되 드셔요
이 땅에는 향기로운 공기와
진달래꽃, 들국화, 아카시아 꽃,
들꽃과 풀꽃이 있어 견딜 만해요
들에 핀 민들레 홀씨 하나 물고
울음을 삼히네
오월입니다
조금만 더 뱃대기 움켜지고 버티셔요
들녘에 물먹고 활짝 피는 아카시아 꽃향기에 취해
배불리 실컷 채우고 아카시아 향에 오장육부 씻으며
개울가를 갈지자로 걸어 봐요
시인님들 좋은 아침밥 드시고 밥값하세요
산소 한 공기 듬뿍 담아 올리오니
아침 공기밥 뚝딱 비우시고
맑은 영혼 뿌려주세요

바람꽃 풍경이 되다

산천을 오르고 내리다가
인연을 쫓아 오른 발길이
산중턱에 숨을 내려놓는다

눈빛에 치이고 달구어진
팔다리 늘어뜨리며 오른
산기슭에 하늘이 달려 있었다

바람꽃을 몰고 오는 산이
들녘이 되고 물빛에 여물어
청아한 물음을 떨어뜨린다

산중에 소리가 되려
혼을 부딪쳐 풍경을 안은
바람소리가 풍경이 되다

하늘을 담아 뱉어내는
봄여름가을겨울
땅을 이고 하늘을 오른다

산빛의 그을음을 먹어 빛바랜 놋쇠,
바람에 머리를 치고 가슴을 두드려
맑은 시름을 풍경에 띄운다

봇짐

껌벅거리는 눈

바람을 메고

산하를 걷다가

봇짐 툭툭 터져

강산이 쑥 빠지네

바람이 머문 산길 언덕에

어스름이 비틀거리며 산가지를 붙들고 산마루를 오르느라 비탈길 돌무덤에 발을 걸고 손에 걸어오르며 품새의 여운을 빼내느라 걸음걸이에 바람이 쌓인다. 나뭇잎, 땅에 떨어지려 빈 하늘을 움켜쥐고 바람결에 기운을 자르고 나락으로 무게를. 어둠을 덮고 자란 수풀과 낮은키나무 큰키나무가 어깨를 부비며 산중을 떠도는 어깻바람이 다칠세라 나뭇가지 오므리다 폈다 골짜기에 바람을 낳느라 어깻죽지 아려도 달게 산등성이에 뻗은 가지를 꼼지락거려. 빛이 타들어가는 늦가을의 산길에는 비탈진 땅을 헤집고 시절을 살아낸 사연이 누워, 생의 긴 시간을 놓는 풍장의 상엿소리 꽃잎 붉게 달고 검붉은 수의에 빛을 물들인다. 움푹 패인 비탈에는 지난여름 천둥번개에 흔쫄난 흠집이 고스란히 남아 있고 묵은 상처에 달궈진 잎사귀가 사멸하여 빛을 덮는다. 가을은 시간이 일어섰다 쓰러지는 빛이 우는 계절이다, 침묵의 계절이다. 푸르디 푸른 짙푸른 잎새에 화려한 분칠을 하고 뭍을 나서며 거추장스럽게 모아두었던 산경을 하염없이 내리어 목젖까지 차오르던 욕망의 빛을 사심 없이 쭈그리어 발목 깊이로 낙엽이 쌓인 두께로 낮추는 걸음걸이이다. 타오르는 번뇌는 헛기침을 뱉으며 팔다리 남김 없이 땅속에 드리는 낙화하는 헛. 거기에 왔다 거기에 왔다 떠나는 빛이 빛이 되어 뻘쭘한 낮빛 추스르려 낙엽이 뒹굴 때 슬며시 삭혀진 눈빛을 뽑아내는 무량의 욕을 벗는 절대의 시간, 순수가 타들어가 빛으로 환생하다 빛으로 어울무덤으로 떠나는 사이에 머문, 용서할 수 있고 용서하는 이승의 빛을 벗어 업을 푸는 회개의 언덕이다. 바람은 산을 둘러업고 빛을 내리려 허공에 뜬 가시나무 잎을 따라 산길을 간다.

땅의 언덕

땅은 땅바닥으로 이어지고
산은 산비탈로 이어지네
흙은 흙으로 이어져
나무와 잎과 꽃과 벌나비를 낳아
허공은 하늘로 하늘로 이어져
구름과 바람과 물과 빛을

산바람이 담장 넘어 뛰어들다

산소리가 훨훨 자유롭게 춤을 춥니다.
바람소리가 산경을 훑어 내리어
중허리의 산사로 쏜살같이 내빼더니
담장 앞에서 멈칫 숨소리를 달래고
싸리문을 조심스레 열면서
한발자국 발을 마당으로 디딥니다.
안마당을 한바탕 하늬바람으로 쓸어내더니
아궁이에 새바람 한 움큼 떨어뜨리며
하얀 고무신을 야무지게 벗어 놓고
대청마루에 사뿐히 올라섭니다.
맑은 산바람을 가득 주머니에 줍느라
산 먼지로 얼룩진 버선은
슬며시 마루 끝에 밀어 놓고
창호지문 겉창을 스르르 밀고
안방의 아랫목으로 부리나케 들어갑니다.
미쳐 못 들어온 게으른 늦하늬바람은
발을 동동 구루며 툇마루에서
하염없이 기다리며 눈을 부비고,
약삭빠른 도둑 바람은 벌어진 문틈을

비집고 땀 빼며 기어 들어오는
산중의 오두막집은
바람이 사는 천상의 낙원입니다.

바람과 땅

낮에 숨쉬기 거북하다
밤이 숨 마시기 편하다
낮밤을 뒤집어
밤, 생이 잡고
낮, 천연이 손을 놓아

보이는 것
덜 보이는 짓
육과 욕이 분칠을 하며 낮에 낮을

움직임이 멈춘 시간에
움직임이 서려고
태를 움켜쥐려 속 탄다

태양을 쫓는 시간의 껍줄
해를 업으려 등짝 골이 서럽다
어둠이 빛을 잃고 바람을 붙들고
먹칠하느라 업의 연을 지고

이파리 누렇게 들뜨도록
낮이 되려고 밤을 들려
먹골에 기댄 욕망의 끈

거기에 뭣이 있더냐
그곳에 있더냐
숨주머니 부풀려
하늘을 잡았다고
하늘 땅 놀이에 헐겁게 날뛰네

비틀은 속주머니에 풍경이 흐르다

바람을 놓고
산을 놓고
들을 놓고
내를 놓아

땅을
흙을 묻다

집 1

집이 말랐다

뚱뚱하지

묻은 그림자
태양
하늘을 떨어뜨리고

건축가는
바닥을 핥아
눈을 세워

바람이 쓰러진 자리에
육전이 튕기네

집 2

집은 집 주인의 그릇만큼
자유로워지다

집을 설계하다 보면
이 집 주인이
잠자는 집을 설계해 달라는 건지
지 욕심의 비각을 세워 달라는 건지
단박에 금방
그의 욕심어린 눈빛을 타고 흘러오다

건축가는 집을 설계하는 사람이다
이런 인간을 만나면 구역질을 넘어서
토악질에 가슴이 메어지다

집은
그 집에 사는 집주인의 눈빛에 서린
눈물과 웃음의 향기만큼
사는 집에 자유와 행복이 흐르다

집을 소유하는 한

인간이 던지는 생명의 사유도
자유롭지 못하다고 본다.
본인의 동굴은 소유의 이기로 물들이며
다른 무엇에 대해 거들먹거리는

모든 행위, 이중적 사유가 가득한
살찐 집은
욕심의 전각으로 보입니다

집이 가벼워야 하리라
그것이 삶의 거울입니다

집을 보면 집주인의 양심이 보입니다
인생의 순수와 거짓이 보입니다
집에 조국의 사랑이 시작됩니다

집을 비워야 합니다
집을 가볍게 비우면 눈이 뜹니다
집이 가벼우면 사랑이 돌아옵니다

내안의 너를 보다

어제 새벽길에 한강 가다가 방향을 틀어
시장을 가로질러 가보았다.
새벽이라기보다는 오밤중인데 술집에서 나온 폐지 박스를
주섬주섬 주우시어 리어카에 옮기시는 할머니를 보았다.

아무리 복지를 말하고 이상적인 신념의 철학이
머리 안에 가득하더라도
민초의 삶은 아직도 하루살이 인생이다.
뭐라 말하면서

자기가 보고 싶은 감옥의 눈으로

세상을 안으니
아스팔트 바닥에 뒹구는
민초의 숨소리가 눈에 들어올 리 만무하다.

시선이 따뜻한 이 땅의 숨소리를 소망한다.

자신은 비싼 집에서 구중궁궐이 되어서
지난한 민초의 삶을 바라보는 것은

이율배반적인 것이다.

집,
부동산을 소유적인 가치로 두는 한
사람의 눈은 쉽게 낮은 데로 머물기 쉽지 않다.

누구의 잘잘못을 떠나서 이제는 진지하게
나의 너의 가슴을 돌아볼 때이다.

집은 사람이 선택하지만 선택하는 순간
집은 무한적인 영향을 집에 사는 사람에게 준다.
그게 집의 무서운 미학이고 정신의 물상화이다.
설계를 20여 년 한 저의 지론이고
건축역사학자의 대체적인 인식이다.

집을 줄여야 하고 낮춰야 한다.
큰집에 사는 모습을 겸손한 집으로 옮겨야
인식의 사유가 바뀌기 시작하리다.
그게 삶의 인식을 변하게 하는 첫 번째 단추다.

사는 일

새벽을 깨우는 빛의 영롱한 어스름을 볼 수 있으니
밤을 물리친 낮의 빛내림이 고요하게 이어져
태양은 하늘에 궤적을 그리며 그림자를 대지에 뿌려
해는 서선 넘어 산마루에 걸터앉아 석양거너미를 입질하지
칠흑 같은 밤하늘에 별들이 산과 개울, 들에 흐르고 입맞춤
하네
눈이 흩날리고 꽃이 피고 벌나비 날고 여름에 해는 지구로
빠져들지
가을이 오니 산하가 황금빛으로 빛들의 향연에 목 놓아 울어
삭풍에 에이는 동토(東土)에 찬서리가 대지에 빛을 묻으며
생명의 겸손을
봄여름가을겨울, 비가 내리고 바람이 불고 산소가 춤을 추
는 이 땅에
생을 잇고 목숨을 놓으며 가고 오고 세월도 흐르고 참삶도
쌓이고 부서져

거미줄

공중에 밤을 엮고 낮을 풀었네
공간의 틈새를 메우느라
탯줄을 길게 뽑고 감아 어둠에 걸쳤어
밤새 바람을 뒤틀고 꼬아 씨실 날실 짰구나
구름을 잡으려 허공을 걸어

비에 젖은 빈 의자

인적이 감춘 자리
빗방울이
앉았다 일어섰다

무심한 비바람
초록을 붙들고
인심을 뒤적거려

천둥에 놀란 벤치
알몸으로 목간하다
안절부절 못하네

물

솜털보다 보드라운 물결이 되어
구름을 실고 바람을 업고 흐르고 싶다
돌멩이에 꺾이고 벼랑에 떨어져 흙탕물을 담금질하여
물이 되어 산하를 둘쳐업고 바다로 흐르는
절차탁마하는 물꽃을 닮으려

익는다

사과는 익으면 불그레 수줍음을 떨구고
풀잎은 한낮의 더위에 잎새를 떨구고
바람은 계절 따라 가늘게 굵게 낮게 높게 난다
나무뿌리는 빗방울을 품었다가 개울에 물길을
골짜기는 산마루가 높을수록 더 낮게 고랑을 만드네
소나무는 가지를 부딪치며 군락을 만들어 종을 보존한다
물은 돌멩이에 차이고 절벽에 낙화하며 탁마하여
단물이 되어 가고 뭇 생명의 생명수가 된다
사람은 세월이 쌓일수록 가진 것 지키기 바쁘고
내 것 아닌 걸 훔치기 바쁘다
배움이 깊을수록 욕망의 그릇은 커지고 깊어질까
겉과 속이 표리부동해야 정말 잘 사는 것일까
누구나 때가 되면 한 줌의 흙이 되거늘
흙을 밟지 않고
포장된 도로 위를 질주하네

해달

어제 뜬 태양이 게슴츠레한 잿빛 안개구름에 먹혔나

오늘 떠오르는 해달이 한바탕 붙었는지 하늘이 부었네

바람소리도 안개에 젖어 꾸어 놓은 보릿자루 마냥 축 쳐졌다

날이 밝아온들 낮이 한 됫박 차오르고 밤이 멍들겠지

새벽에 컴컴한 밤이 돌아댕기는 여기는 하늘이뇨 땅이뇨

동량

아침입니다
어제의 오늘이 새끼 낳아요

밤새 밤을 동량하다
밤을 푼 아침을 봅니다

내 몸이
나를 훔치느라 애씁니다

육신이 가는 길에
맘이 질질 끌려가네요

해에 밤이 피었습니다
밤이 빛을 낳았습니다

젖은 별
밤하늘을 말려요

저의 별도 말라
파리하게 흔들립니다

대숲의 노래

대숲
땅과 하늘이 닿아
신의 목소리가 자라다

죽통에 묵은 석가여래
하늘땅의 천년 묵언 삭혀
소슬바람을 낳아

허공을 여민
가느다란 마디마디
대숲 향을 우려내어

소스락소스락
달빛을 담금질하여
숲을 씻는다

대숲의 노래 2

대숲
사그락사그락
하늘을 쓸다
바람을 쓸다

대통에 입적한 무량
열반하다
하늘을 새기다

땅 소리 울림통에 우려
하늘소리 곧추서서
천년을 말리다

대 그림자
하늘을 쓸어도
티끌 하나 일지 않고
땅을 쓸어도
바람 한 점 날지 않아

바람의 숲

윙윙 둥글둥글 나무숲 사이를
빙빙 돌아 뛰놀고 있다
참나무의 잎사귀에 앉은 바람은
그 굳고 단단함을 뽐내기라도 하듯이
바람결이 겁이 없고 배짱이 두둑하고

뒹굴뒹굴 두툼하게 쌓여 있는
나무 잎새의 뭉치가 양탄자꽃밭이 되어
샅바 싸움하고 손가락질하며 뛰놀아
백년 솔 나뭇가지에 잠자던 솔방울은
웃음 지으며 발로 슬쩍 밀어 떨어뜨리고

솔나무 밑에 솔향으로 움을 트는
송이버섯은 산중의 놀이가 재밌듯
슬며시 솔향기 담아 솔솔 풀어 놓고
솔잎은 한밤중에 솔향 다칠세라
거친 바람결을 온몸으로 감싸 안고

깊은 산속의 솔솔바람이

하하 호호 기쁨의 웃음소리로 흩날리고
이 계곡 저 계곡 눈을 감고 거닐며
오밤중의 달빛놀이를 하는
바람의 숲 마당은
하늘에서 밧줄 타고 밤마다 내려오는
별빛으로 물들어 바람이 쉬어 가고

고백

나가 나를 솔직하게 보지 못하고 떠날까 봐

그것이
두렵다

정말 두려운 것
눈에 거짓을 벗지 못하고

두려운 심장이 나에게 아직 남아 있을까

거짓을 보고
난 즐거워하고 좋아라

목을 늘어뜨린다

심장이 따뜻할 때 속죄하고 싶다

가슴이 땅을 그을 때
나를 놓고 싶다

눈물이 마른 샘

가장 나쁜 양심은
가르치는 위치에서 공복을 입고
섬겨야 할 자리에서
일평생 호의호식하며
단 한 번도
조국의 아픔에
감정과 이성을 들어내지 않고
중용을 거들먹거리며
지도자, 지식인의 울에서
자리보전에 급급한
세상의 슬픔을 외면하는 짓이라고,
지식인의 탈을 쓴
교만한 잘못 배운 지식기사일 뿐
시대의 고뇌에는 아랑곳하지 않는
한량의 눈물조차
이 땅을 위하여 흘리지 않는
역사의 방관자이고
스스로만 배부르기를 바라는

민초의 울음을 웃음으로 세탁하여
자리를 세습하는
진실을 도적질하는 나쁜 양심

눈물이 마른 샘이라

낙엽을 끄는 소리

빛을 탈곡하는 소리
벌판에 쓰러져

묵은 햇살이
쪽빛 하늘을 태워
산하에 불꽃을 지피다

말라가는 감나무 이파리
나뭇진을 뽑아
빛을 재워

낙엽을 끄는 소리
바스락 버스럭
까치밥 한술에
스산한 바람을 달아

춤

천길 공중에
태양이 알알이
노란띠하늘소 빛을 쓸어
꽃물을 걷어

붉은 자침이 영겁을 가리키고
홍시에 해가 들어
배가 불러 온다

영겁회귀(永劫回歸)
붉은 홍시에 빛이 들어차서
배가 나오네

재갈

고작 그런 이유로 민초를 들들 볶아
등뼈조차 뽑을 기세로

인심의 사타구니를 들쑤셔
재갈을 물리려고

동네방네 마을 고샅길 싸리문에
아침마다 낱장 선전지를
종종걸음으로 붙이려

윤전기는 수많은 삼림을 잘라
종이를 만들려고

한 치 앞의 권력에 눈이 멀어
사금파리를 부수어 뿌리느라

밤낮을 벌겋게

무상하게 흐르는
반역의 업보를 탓하누

바람

바람아 불어라
칠흑에 물든 이 밤을 업고
떠나거라.

바람아 불어라
어둠에 지쳐 버린 달빛을 물고
가거라.

바람아 불어라
서릿바람 춤을 추는 이 겨울을 껴안고
날아가라.

바람아 불어라
달그림자 타고 오르는 연기에
올라타거라.

바람아 불어라
심연의 사계에 꽃잎 풀어
양심의 입술에 올려라.

빛과 그림자
길을 걷다

마음 고인 빗물에
새소리가 내려앉고
응어리진 속마음에
바람이 녹아 나네

제부도의 빛

한 무리 빛으로 매일 태어나는 제부도의 하루는
새벽빛으로 시작하여 한낮의 뜨거운 빛으로
작렬하는 대낮의 살 뜨거운 빛줄기를 넘어
바다에 온몸을 식히는 석양빛으로
단, 하루의 일생을 마감한다.

달빛으로 빛 무리 된 해변의 빛들의 잔치는
신비한 빛들을 쏟아내고
원시의 기억 속으로 걸어 들어간다.
옥구슬 굴러다니는 푸른빛 하늘이 짙푸른 바다에
영롱한 빛이 되어 파도의 거품 위에 눕는다.
잔잔한 수면 위에
물결이 물빛을 머금고 하얀 포말을 일으키며
태초의 영혼을 불러드리느라,
파랗게 하늘을 베어 물고
물 위에 한 방울 떨어뜨리고 나서
한밤중부터 부리나케 여명이 눈을 뜨는 시간까지
이곳저곳 기웃거리며 바삐 돌아다닌다.

바다에 기대고 있는 낙화암 같은 적층의 절벽은
수만 년 억겁의 세월을 돌 틈 사이사이에 숨겨놓고
한켜 한켜 바다의 파도소리를 주어 담아
바위 틈 깊은 곳에 밀어를 숨겨 놓는다.
벼랑에 의지한 채 이름 모를 잡초와 키 작은 해송은
바닷바람에 의지해 바다 내음을 흠뻑 들이킨다.

절벽 위에 걸린 둥근달 두둥실 실룩거리고
세월에 낚여 곳곳에 제 살점 터진 이 빠진 경사면을
그대로 들어낸 채 저 멀리 서해바다로 배를 타고 나간
서방의 숨소리를 훠이 훠이 불러들인다.
바닷바람을 온몸으로 막아내랴 몸이 성한 데 없이
살점이 찢겨 나간 흔적이 여기저기 몸뚱아리가 패인 채
바다를 비몽사몽 바라보며 제 몸을 손질하고 있다.

바닷물이 썰물이 되어
긴 입술을 모래사장으로 늘어뜨리고
밀물이 되어 입술에 한 모금을 척척 축이고
배고파 아파하는 모래사장에 게, 조개껍데기, 미역, 성게를

한밤중에 풀어놓아 식음을 고이 달래는
제부도의 빛 물결은 묵언이 되어 영혼을 속삭인다.

아가야

이름 모를 눈길이
아빠의 얼굴에 앉았네.

티끌에 스민 숨소리
엄니의 가슴 줄을 타고
호호 입김을 불어요.

엄마의 눈에 잠든 발길질
아래로 아래로 걸음이 되어
아장아장 걷고 있구나.

까르르 웃음소리
애비의 심장을 걸어가네.

새벽공기 빛을 잘라 허공을 묻다

　오늘도 눈을 뜨려고 복에 겨워 공기를 맘껏 허파에 채우고
서야 등골 바스락거리며 바닥을 밀어내 공중을 휘어잡고 겨우
일어섰어요. 문 틈바구니로 기어 들어오는 새벽바람이 밤을
이개느라 허리춤 쪼무리고 마른 혀를 굴려 어기적거리며 아랫
목 요 춤으로 부리나케 스민다. 허구한 날 긴긴 여름밤에 질펀
하게 동네방네 골목길에 잘도 눕더니 그새를 못 참고 밤하늘
에 별꽃이 내려 이슬에 목간을 할 자시가 넘어서니 언덕을
패며 꼬꼬댁 소리를 비틀어 뒤뚱거리며 맨발바닥에 비탈을
걸어 오른다. 아스라이 밤빛이 멍들어가는 밤바다는 운해조차
구름길에 돛을 부러뜨려 망망한 구름바다에서 안절부절 못하
며 저 아래 하늘을 훔친 욕망의 땅을 물끄러미 바라보며 밤을
놓는다. 축시가 비틀거리며 새벽 세 시, 인시에 접어드니 밤은
어둠을 한꺼풀 한꺼풀 벗고 적멸의 곳간을 찾느라 허공을 기
워 빛을 마중하려 묵은 밤을 빨아 알몸으로 신단수에 올라
동해의 해오름을 안으려 거죽이 닳아 부르튼 살점에서 파리한
어둠을 씻는다. 달그림자 흔적을 여미어 밤을 묻고 홑몸으로
빛무리를 뜨겁게 가슴팍으로 밀어 오장육부 장구한 생의 굴속
으로. 해그림자 꽃구름으로 새벽이슬 한술 뜨고 먹빛에 멍든
햇살을 일으켜 땅그림자 물며 길게 바람을 덧칠하고 지문을

하나 둘 땅바닥에 새기며 밤공기를 개어 묻고 해를 태워 낮
걸음을 떠내어 빛을 축여. 마른 숨이 빛을 잘라 허공의 뼈를
추리느라, 길을 게워 잘게 꺾인 생의 관절을 건지며 뭍에 묻은
달그림자를 캔다.

꽃향기

님이 거니는 꽃밭에
한 떨기 불꽃으로
꽃향내 쏴하게 피어내는
꽃밭의 거름흙이고 싶다

꽃밭을 유유히
두 팔 벌여
눈동자로 지켜내는
새벽묵상 허수아비여
달빛을 머금은 금단의 그림자로
동무 되어 걷고 싶다

님 계신
은혜의 물꽃밭에
꽃잎수(--繡) 열십자로 수놓고
기도의 날갯짓 하늘하늘
축복의 꽃바구니
그득그득 채우고 싶다

하늘

빛이 떨어진 자리에

하늘이 우물우물

자리를 편다

구름자리에

바람이 누웠다 일어서고

하늘이 닫혔다 눕고

비를 물고

흐느끼다

달이 뜨락을 넘어서

보름달 뜨락을 넘어서 달을 낳고 가네

싸리문 삐거덕 소리에 문풍지 인적을 들이고

달그림자 뜰을 쓸어 아기 달 고이 재우네

인기척 달빛을 타고 사람향기 천리에 풀어 놓아

빛 그늘

빛이 떨어진 자리에

그늘이 웃고

잎새 흔들일 때

바람이 운다

나뭇잎 하늘에

목을 벌리고

바람결 하품한다

햇빛이 배탈 났네

먹구름이
태양빛을 금세 잡수더니
배탈이 났는지 잠시 동안 살짝
검붉은 태양의
뒷모습만 보여주고

구름 속
치마폭으로 슬며시 숨어버립니다
잿빛으로 물들인 구름은
장난기가 발동해서

검은 흙구름으로 장막을 걸치고
푸른 하늘을
조금씩 베어 물고

한강물도
구름에 겁이 질렸는지
물소리 쏴쏴 뱉어 내며 거칠게 흐르네

수면 위를
물바람 타고
비상하던 왜가리는 물소리에 놀라
재빨리 줄행랑치고

날개

하늘을 가르는 구름

빛을 넘어뜨리려고

바람꽃을 피우네

꽃구름에 올라타

빛을 일구는

굴뚝새

하늘을 쫀다

도망친 들녘에 광명은 비추는가?

울지 말거라 아해야
울음소리 내지 말거라
오천리 백두대간이 들을까 두렵다?

처마 밑 뒤뜰에도 가을이 빛나게 여물지 않던가?
태백준령 골짜기 짜서 묻힌 정기를 실고
한강으로 내달리지 않는가

지리산 천왕봉 고사목은 씨를 틔우려 하늘을 우러르지 않던가
설악산 흔들바위, 가을을 흔들어 여름을 밀어내지 않더냐
한라산 탐라, 백록담 정화수 움켜쥐고 해풍에 날아갈까 애
달지 않더냐
백두산 천지 십리 깊이 못이 이 땅을 추기려 압록강 두만강
서해로 동해로 흐르고 있지 않더냐

등허리 철책으로 두 동강 난 대간에 천연이 꽃망울 피우려
애태우고 있지 않던가
반도는 찢겨져도 남과 북, 북과 남, 한땅에 오르락내리락거
리는 철새가 조국을 잇지 않더냐

남태평양 소금기를 헤쳐모아 바람꽃이 핀들 대양으로 길게
뽑은 대한반도가 태풍의 눈에 뽑히더냐
　인심이 조각난들 일회적 생의 너울에 적멸하고 젊은이 청장
년 어깨에 진정한 광복의 깃발 펄럭이리니
　늙은이의 욕심과 부정의가 어디까지 갈소냐, 촛불이 그대의
심장에 빛을 잉태하리라

　대한 땅, 무궁화 팔팔하게 사시사철 세우며 조국의 거름이
되려고 뿌리내리지 않더냐
　슬퍼하거나 노여워 말라
　그대의 조국은 오천년을 인내하고 살을 뜯기며 견뎠노라
　하나의 조국에서 춤을 추며 그대의 발길은 만주벌판을 말달
리라

　광풍이 쓸고 간 자리에 조국이 창창하게 빛나리니
　오늘을 견디고 견뎌 호연지기를 잊지 말거라

　내일은 태양이 그림자를 씻기고 창연히
　조국의 심장에 무궁화가 활활 타오르리라

개떡 같은 세상

개떡 같은 세상에
해가 뜨면 어쩔 거고

개떡 같은 세상에
달이 차오르면 뭘 할꼬

개떡 같은 세상에
단풍잎 피고 지면 뭣하누

개떡 같은 세상
백의민족 등허리 자르려 기를 쓰고
남녘은 잘났다고 으스대고
북녘은 마지막 핏물을 쏟으려 악다물고

군화발 밑에 엎드리지 못하면
니하고는 참말로 볼일 없시유
긍께 뭐시라

현해탄 넘어 핵물질 지뢰가 동해로 넘실대도

개떡 같은 세상은
동해물과 백두산이……

밥상 위 생선은 푸르게 빛나고 맛있다
내 생전, 자자손손 금딱지 광채가 번뜩이다
개떡 같은 세상아

안개 길을 걷다

봄 길을 걷는다.
봄빛을 어루만지는
안개 길은
존재의 흐느낌으로 빠져들고
심원의마(心猿意馬) 밭에서
허우적거리고 있네.

초침이 잠시의 틈도 없이
세월을 등에 업고
인심을 가슴에 풀어
햇발에 새김질하고 있다.

눈이 길을 가고 있네.
저벅저벅
논두렁길을 걷고 있네.

찬 기운이 눈물이 되어
부연으로 환생하고
이 내 마음

뿌연 안개 길을 헤매고 있네.

욕심의 텃밭에 자라나는
잡초를 뽑아내니
마음의 논두렁에
욕망의 물고랑이가 열린다.

안개는 자욱하게 피어내리고
한발 두발 내디딘 논두렁 넘어
산머리로 이끄는 골바람은
등걸 인생을
하염없이 떠밀고 있네.

곤드레만드레

살갗이 가벼워진 틈에 입이 열리누나
곤드레만드레 가슴을 퍼붓는구나
타오르는 속치마에 기어 나오는 봉우리가 만추이네

밤비

비가 온다. 비가 온다.
주룩주룩 소낙비가 내린다.
하늘바다 태풍에 둑이 넘쳐
홍수가 났나 봅니다.

파란 하늘에 걸려 있는 별 무리와
은하수, 유성도 비바람에 쓸려
싸락눈처럼 와르르 사방에 쏟아지고 있습니다.

칠흑에 마실을 가던 샛별 하나
큰바람에 길을 잃고
잎새 위에 떨어져
파르르 떨고 있습니다.

날을 지새우며
하늘을 타는 연기가 피어오르기만
눈 빠지게 기다리고 있습니다.

별빛에 비를

간만에 홈빽 적시어
깔끔해진 낯빛 방긋방긋
웃음보를 터뜨리고 있습니다.

비가 옵니다.
내 마음에도 비를 타고
별빛 하나 놀아 달라
창밖에서 떼를 쓰고 있습니다.

피아노

피아노가 빛이 되어 흐르다

88개의 건반이 열리고
백건 흑건
손잡았다 떨어졌다
만났다 헤어졌다.

엄지, 검지, 중지, 약지, 소지
마디마디 손가락, 취해
소리도 눈물만 뚝뚝 떨어뜨린다.

가녀린 손끝에 흐르는
섬섬옥수의 흐느낌
영혼의 빛줄기도
눈을 감는다.

피아노의 눈은
허공을 휘젓더니
심장의 핏빛을
건반 위에 토해낸다.

난세지음(亂世之音)

아비는 중복 넘어 말복으로 치달으니
참한 똥개 찾아 천리 길을 마다 않고
어미는 백화점 쇼핑으로 돈 쓸 짓에 헤헤 입 벌어져

자식 놈은 삼십 줄이 넘어서도 빈둥빈둥
부모의 돈이 제 돈인 냥 물 쓰듯 하는데
없는 놈은 땀구멍에 해 뜰 날이 올까

공평하고 함께 웃는 민주대한이 멀기만 하구나
처음부터 있는 놈이 어디에 있다든가
피땀 흘려 벌어 봐야 라면 한 그릇에 고개 숙여져

다 함께 살아가는 이웃은 알지라우
제 자식만 하늘이고 혼자만 시원하면
이 땅은 누가 일구고 땀 흘리며 가꾸지

번개소리 울부짖음에 돈 빼내기 정신 없는
이 강토는 누가 지킨단 말이더냐

에헤라 쿵 에헤라 쿵 모르겠소
나 혼자 잘 먹고 잘 살면 되는 세상
어느 놈이 이 따위로 만들고 즐기는고

난세에 걸출한 영웅이 출현한다는데
그 영웅은 어디에 숨어서 웃는 얼굴만 살짝살짝
보여주고 들락거리는지 속내를 알 수가 없고

서민의 굴곡진 삶을 나눠주고 보담을
할미의 눈물을 물끄러미 바라보고 닦아 줄
참 위인은 어디에 있는가

불꽃의 굿판

억겁으로 불사르는 민초의 사랑이여
거친 풍랑도 한입에 베어 물고
천년 고도의 천심도 벌레 먹듯
나의 온 마음 나의 욕망 모두 불태워
마음과 마음 하나 되는 굿판 벌여
벌떡 일으키는 굿거리장단 춤사위여

너네 민심은 어디에서 떨어지나
눈물 아랑곳 않고 두 눈 부릅뜨고
할매 할배의 숨소리를 멋대로 가로채어
질기고 질긴 숨줄을 죄나
악연을 몰아내고 인연을 치켜세워
억만 년의 불꽃으로 불사르다

온 천지를 그의 심장으로 들이켜야
속 시원하게 단절할 수 있단 말이냐
흔적조차 남기지 않고 깔끔하게
태초의 나락으로 불 태워 버려
삼라만상 굿판 벌려 아픈 가슴 껴안고

처음으로 다시금 역사를 쓰고자 하나
새싹을 틔우려 핏줄을 아파하나

어우렁더우렁 한 빛 부둥켜안고
얼씨구절씨구 에헤라 쿵 에헤라
물 넘고 산 넘어 동네방네 돌고 돌아
꽹과리 소리 꽝꽝 북 치고 장구 치고
웃음소리 한강을 안고 철책 뛰어 넘어
어깨춤을 덩실덩실 추어보세

건축가

건축의 생명감은
웃음바다를
연출하는 것이다.
생로병사를 초월한
영혼을
조각하는 것이다.
집은
이 터에
단지 건축
사람의 맘을 새기는 것이다.

건축가의 길

숨을 쉬는 생명의 모습은
희열이고 축복이며

움직임을 일으키는
물상의 파노라마는
존재를 찾아가는
삶의 미소

움직임이 몸체에
빛을 드리우고
그림자를
대지에 쏟아 붓는다

빈 그릇을 휘저어
산소를 머금고 있는
대자연의 그릇에
생명의 끈을 머물러가게 하는 길

그 길에 수를 놓는 사람이
건축가이어라

녹차 향기에 눈이 멀다

산허리 휘감은
다랭이 차밭은
초록빛 융단으로
녹차 향기 피어나다

한 잎새 두 잎새 하늘하늘
뱃노래의 바닷바람 실려
새색시 치마폭에
한 움큼 내려앉다

쪽빛 바다 물끄러미
아낙의 한이 돼
우전차에 눈물로 내리고
언덕에 멍울멍울
옥향으로 빚어지다

뱃사공의 뱃고동 소리 붕붕
바람비 잎새의 떨림에
그리움 되어

임자의 코끝에
피어오르다

풀빛이 깨어나다

오색영롱한 이슬 풀빛
아침햇살 부여잡고
부스스 뽀얀 얼굴을 내미네

잎새 위 물빛이
꽃무지개 초원에
살포시 누이고

잎새에 내린
하늘빛 물방울이 향기 되어
숲 소리를 깨운다

풀잎에 스민 물빛
새소리와 입 맞추고
하늘소리 울려퍼져

물방울이 깨어나는 이른 숲은
수풀 향기 그윽하게
은혜가 넘실대고

축복의 목소리 사방으로
울려퍼지네

마음의 문

문은
들고 나가니 문이 아닌가.
살아있는 산사람은 들고나나
사자는 죽어서 나가고
영혼으로 오네.

가장 낮은 문은
사시사철 문고리 굳게 잠겨
눈물만 건네는 감옥철문이고,
사람은 앞문으로 뒷거래는 뒷문으로 하는
카멜레온처럼 낯빛을 가리는 문이며,
놀부의 문은 겁에 질려
동량을 지키려 시도 때도 없이
자물통 굳게 잠겨 있는 철문이고,
흥부의 문은 찾아 오는 손님을
마중하는 열린 싸리문이네.

문중에 제일은
열린 맘이 들락거리는 터진 문이고

더 좋은 으뜸문은
문설주는 있는데 열려 있는 맘의 문이고
최고의 문의 문은
문설주도 없이 사람과 물건이 사이 좋게
지나다니는 문이더라.

낙원의 문은
영혼이 들고 나는 그림자문이니
살아생전 문고리를 뭐하라 만들겠나,
사람의 욕심을 잠재우는
맘의 빗장을 활짝 열어 제치고
맘 편히 오고 갈 수 있는 바람의 문을,
자연이 걸어오는 녹색 향기 넘나드는
빛깔이 춤을 추는 문을 그려보네.

하늘문은
천사들만 오고 가는 천당으로
가는 문이더니,
살아생전 욕심 내리고 이웃에게 나눠주고

인심 쓰는 덕행을 쌓고 쌓아
천국으로 가는 열쇠를 받으시게나.

초승달이 떠난 자리

한밤에 창가를 지척이던
배부른 초승달
격자무늬 그물을 뚫고
해를 낳아
빛에 목마른 행운목 잎새에
고이 놓고 갔다
촘촘한 철책을 넘느라
그물망에 걸린 여명
애타게 손짓한다
살려주세요
살려주세요

꽃향기
풀어

귀에 담아야 소리여
맘에 들려야 소리지요
눈에 앉으면 향기 되어
숨 고픈 맘에 빛살 되고
눈물 그윽 안겨 주네

들풀이 꽃이 되다

들꽃이 자연이 되면
함박꽃웃음을 지어요.
오색 빛으로 물들인 꽃잎은
햇빛을 닮아
바람에 흩날리네.
잎새 위에 앉은
새벽이슬은
정화수로 수라간에 올려져
어주로 빚어진다.
동네방네 동냥하는
들꽃일벌은 붉은 노을을 벗 삼아
한시름 내리고
때 늦은 밥술을 드네.
새벽을 안은 들풀은 꽃이 되어
눈물방울 끌어안고
들볕에 꽃노래를
풀어놓습니다.

— 한강에 피어낸 들꽃을 보고

아침빛이 침묵하다

앞산 너머 먼동이
한줄기 빛무리 지어 새벽을 깨워요.
빛 우물이 사랑의 샘물이 되어
둥지를 내박차고 씩씩하게 나섭니다.
새벽이슬을 머금은 빛줄기는
어둠을 풀어헤치며
해님를 향해 손을 한 번 흔들어 주고는
다바삐 발걸음을 재촉합니다.

붉은빛이 입에서 흘러내리는
동 뜨는 무지갯살 빛줄기는
별나라에 두고 온 한밤중의 꿈에 실려
억세고 질긴 눈풀꽃으로
마음결에 서려 있습니다.

아침의 한 줄기 빛은
가족의 심장을 건너는
아비의 눈물샘에 밀어가 되어
굳은 발에 꼭꼭 숨겨져 있어요.

겉으론 웃어 주면서
콧노래를 흥얼흥얼거리며 걷지만,
동이 트는 빛줄기에 침묵이 되어서
오지랖 넓은 아비의 어깨에
무상으로 무등을 타고….
그림자가 되어 웬 종일 함께 걷는
아비의 사랑이 속눈물이 되어 깊어만 갑니다.

이슬

바람이 떨어졌다
별빛에 목을 추긴다
잎을 문 달그림자
어둠을 난다
별에 풀어놓은 물방울
달빛을 타고 내린다
밤을 문 이슬
잎새를 흔든다

노을빛이 봄 뜰을 쓸다

물빛이 마당에 흐르니
봄바람은 눈을 뜨고
거문고를 뜯으니
저미는 가락은
가슴소리 되어
빈 마당을 적시는데

가슴앓이 마당굿은
석양빛이 저물어서야
누그러지고
노을빛은 돌담 넘어
찬 기운을 쓸어내고 있다

자목련은 뒤뜰에 피어내
비바람을 피하여
추녀 옆에 숨바꼭질하나
하늘에 걸친 곁가지의
꽃 머리결은 빗물에 풀어지고
살랑살랑 꽃바람 소리만
노을에 춤을 춘다

그림자 꽃

바람을 토한 그림자

기운이 빠져

길바닥에 쓸어졌다

녹음이 살갑게 쓰다듬다

빛이 잎사귀를 흔들어

태양을 후려치니

천 개의 꽃이 피고

만 개의 꽃이 진다

땅꽃

빛이 울음을 벗네
어둠을 떨구려
하늘에 올라타서
가을의 녹을 풀려
스스로 가슴을 벗는다

허기진 몸살
부둥켜안으려
허공을 치려
땅꽃을 박차고 일어서네

부러진 몸살을
기우며
땅에 떨어지려
허공을 비운다

봄 향기에 눈이 멀다

홑옷 걸치고
산기슭 하늘을 우러러보니
시름은 온데간데없어
천상의 낙원이 어디메인고

유유히 물에구룸 흩날리며
바람따라 구름 가고
봄꽃 내음
산들바람에 실려
능수버들 개천가를 수놓아

봄새 꿀벌의 시나위에
벌청을 흐르는 꽃 내음
겨우내 지친 눈물방울
멀게 하네

적송에 안개가 내리다

적송(赤松)의 물결이

낙원(樂園)을 시원(始原)하고

도원(桃源)이 화폭이 되어

호박(琥珀)의 천년꿈

부연(浮煙)에 새기누나

그림자가 호수를 걷다

비취빛 물 위
하늘이 소근거리고
그림자, 까치노을
선물하네

물가를 시샘하듯
파릇파릇 잎새에 물들인
물방울 물가에 드리운다

거친 바람을 잠재운
호수의 수면
밑으로 밑으로
물심(物心)의 역사를 끌어안고

바람막이 둘레 숲
물끄러미
그림자를 던지누나

시장

생물(生物)이
자리를 잡고 있다

살아있는
모습이 물상이 되어
제 모습을 슬프게
앉아 있다

생(生)은 물(物)이 되고
명(命)이 되도다

아침빛이 열리다

아침빛이 열리니
풀잎에 앉은
이슬이
떠날 채비를 하네.

먼 여행을 떠나는
아비가 핏줄을
안쓰럽게 여기듯

마지막 남은 물재를
잎새에 드리우고
먼 길을 재촉하고 있는
찰라의 비킴
아침녘입니다.

빛의 자유

빛이
아름다운 그늘을
드릴 수 있는
자유는

빛깔을
가슴에
담을 수 있는

그림자가
있기 때문입니다

비 오는 날의 개천가

개천에 비가 부어
물이 흐르고 있다
쏴쏴 물길이 되어
길을 가고 있다

개천가를 너스레 떨며 견주는
능수버들, 미루나무, 밤나무가
물소리를
귀청에 담아 흘려보내고
선율을 감미로워하고 있다.

집주인 엄니가 심어 놓으신
호박이
냇가를 따라 넝쿨을 만들고,
한때 길다랗게 줄을 튕겨 놓은
거미줄이
물을 머금고 있다

아범의 논에

물길이 흐르고
모가 한 뼘은 자라
벼의 수확을 고대하는
포천의 집 주위는 아름다움이다

비에 아름다워질 수 있는
산사가 되길 기도한다
자연의 모습을 담아 낼 수 있는
향기의 그릇을 그려본다

고추잠자리의 일탈

바람 난 고추잠자리 허공을 간들거리네
터진 하늘에 올라타서 조강지처는 어쩌려고
짝짓기에 초목이 부러운 듯 곁눈질하네
힘 한 번 쓰지 못하고 헐을까 봐 애태우뇨

봄의 소리

땅 안에서 순환하는
자연의 느낌 가운데
봄의 절개 같은 차분함

촉박하지 아니 하는 작은 모습
벌꺽벌꺽
표정을 일구지 않는
여유로움으로 다가선다

갓난아기의 울음소리와 닮은
일어섬의 향기이어라

절박한 자유는
봄의 소리 느낌 안에서
가다듬을 수 있고
풀어 헤칠 수 있으며
어루만질 수 있는 소망이 있다

개울가에

졸졸 흐르는 생명선이
사계의 맨 앞에서
잰걸음으로 발을 내디디고

봄의 소리는
정령 삶의 소리
후닥닥 후닥닥 날아오르는
일어섬의 소리이어라

별을 세는 집

별을 세는 집은
사람의 생명을 온화하게
담아요.
별이 흐르는 은하수가
아름다움으로 넘치고,
아버지, 어머니
어르신들의 사랑이 모아져
시간이 억겁이 되도록
숨을 담아내는,
영혼이 춤추는
자유의 공간이 되게 하소서.

아름다운 집은
집주인의
그릇의 향기만큼
자유로워집니다.

집이 사람집이 되어
향기의 그릇으로

행복한 기운이 넘실대고
화목한 그릇이 되게 하소서.

이 집이
빛으로 빗어지고
향기로워지게 하여주소서.
좋은 집에
아름다운 사람들이
양보와 믿음의 씨앗으로
은혜롭게 숨을 쉬는
축복을 담아내는 공간이 되어

별나라를 여행하는 꿈을 꾸고
별빛을 실은 별똥별이
혜안의 빛으로
쏟아지게 하소서.

물방울이 글썽글썽

물방울이 방울방울
주렁주렁 매달려
키 높이 재는 냥
옹기종기 매달려
키 큰놈 작은놈 중간키
고만고만한 눈높이로

바람에 흔들흔들
천길 만길 낭떠러지에
대롱 대롱 위태롭게
눈물가득 매달려
바람에 날아갈까
두 손 꼭 잡고

해님이 눈뜰까 봐
눈만 껌벅껌벅
눈물이 글썽글썽
바람이 불면 아이 추워
몸무게 줄이려 벌거벗고
눈물 가득 대롱대롱

풍경소리 혼 빛을 머금다

자연의 혼 빛을 숨소리로 고르고
종소리로 울려 퍼져 땡 땡 땡
영혼의 숲 소리가 가슴을 춤추게 해
첩첩산중의 산소리를 바람에 담아
풍경에 우려내고 사방으로 울려 퍼져
산천초목의 소원으로 둘레에 모여 밥술 들고

산짐승의 울부짖음 새의 숨소리
바람이 되어 풍경으로 몰려들고
놋쇠에 장인의 혼이 숨어 가락으로 쓸어내려
산하가 풍경소리, 길을 걷고 있네
봄 여름 가을 겨울 사계의 소리를 듬뿍 담아
산중의 소리향기가 울려 퍼져

뎅그렁 뎅그렁 새벽의 고요를 담아내고
풀빛 소리 울림이 천년 묵은 기왓장에
숨어 있다가 빛의 소리로 울려 퍼져
아낙네의 소원이 풍경에 실리고
산하의 숨소리로 깨어나

들녘의 향기로 돌려주고 달빛에 태워

한 맺힌 사람소리 통곡의 풍경되어 풀어놓고
봄에는 종달새로 여름에는 빗소리로
하늘의 눈물이 돼 추녀에 매달리어
가을의 낙엽을 마중하고 겨울의 눈보라가
바람소리로 낙엽에 실려 산하를 쓸어가
천지의 이 땅에 웃음소리, 기쁨 소리가 되어

눈 내음

눈빛, 눈이 아름다워
눈물을 흘렸습니다.

눈
나의 어깨를 휘감고
멀리 나를
인도합니다.

눈 내음
눈 향기, 눈이 시려
눈을 가렸습니다.

눈이 길눈이 되어
눈을 찾아
허우적거립니다.

자유

전신을 맑게 놓아두면
내면으로부터 젖어 오는
여린 소리가
가슴 줄을 타고
온몸을 적신다.
폐부와 오장육부
머릿결까지

생명을 지탱하고 있는
막힘없이 온 끈들이
너울너울거리고
자유로워진다

한 점 무거움 없이
천상을 향해
내던져진
생명의 여운들은

하나가 되고 열이 되어

바람소리가 되어
실타래처럼
만상을 대지를
엄니의 체취로
수놓아요

생명인

헐벗은 한 목숨을
건질 수 있는
한 거동의 어여쁜
광대여
여기
의식의 空間에
작태를 나부랑거리고
있습니다

人間의 산 삶이란
무엇이란 말입니까
사지 온전히 보전하고
뒤뚱거리지 아니 하는
공기의 파장이
진정코 옳은
목숨이란 말인가

아! 보고 본 대로 의식할 수
있는 영생의 영물이란

어떠한 것인가
어머니의 목소리
아버지의 숨소리
태생이 삶을
재촉하노라
원초가 本源의 그릇이
삶을 비웃노라

산 삶은 산 것을
산 대로 되씻을 수 있는
그대로의 몸짓이라
어둠의 뚝방에 커다란
미숙아가 발랑 드러누워
왜 소리 바람에 띄우는
인간억겹

일에 쫓긴다
쫓기는 일거수일투족
산 대로 산 모습으로

설 수 없는 산 삶
산 生命은
있음을 있음으로
볼 수 없으면서
있고자 하는 미세한 분말

미래지향적 사고행위의
예견은 無言의 行脚처럼
청량한 땀방울이라
살고자 할 때 살 수 있는
의지의 터라
살고자 하는 生命의,
환희의 울음이라

처자식 조아리고
처자식 울어 업고
메·울 넘어
광막한 사유의 터를
걷노라

뭇 사람들아
人之常情의 몰골들아
그대들은
아는가
왜 어떻게 살고 있는지
本 모습의 광명과 그늘을
뒤척이고 있는가

▸ 1988년 6월경. 충북대학교 건축공학과 4학년. 학회지 2집에 실린 글입니다.

엄니 아버지의 숨소리

대청마루에서 잠을 자다가
엄니 아버지의 거친 숨소리에
잠을 이룰 수가 없습니다.
자식들 애지중지 키우느라
얼마나 힘이 드셨으면
밤의 적막을 타고
아들의 심장에
검은 눈물이 되어 내려앉아요.
빛이 눈을 차마 뜨지 못하고
침묵이 되어 고요하게 흘러요.
한세상 살아 내시면서
얼마나 힘이 드셨을까.
거친 숨소리가
아들의 가슴에 영혼의 울림이 되어
무언의 밤공기를 가르고
사랑의 숨소리를
토해냅니다.

북한산을
오르고
한강을,
바다가 걷다

빛을 찾아 가고 싶어라
빛우물에 빠지고 싶다
빛이 비추니 빛은 사라지고
빛이 빛으로 영겁이 되네

봉우리

구름 한 자락
뫼를 들어올려
봉우리를 세우고

하늘을 부여잡아
봉우리에 까치발로 서서
구름밭을 일군다

홑씨 한 점 뿌려
만해를 낳으려
구름을 파고 있네

애달프다

아프지 않은 것은 털끝만치도 없다

땅바닥을 기는 개미도 가장 낮은 곳에서 하늘을 보느라 애달프고

땅속에서 평생 굴을 파느라 제 한 몸 비틀기 바쁜 지렁이도 어둠에 짓눌려 애달프고

이슬을 먹고 짧은 2주간의 일생을 치열하게 묵도하며 황록색, 노란색 빛을 까는 반딧불이의 밤하늘이 애달프고

가을하늘 높은 줄 모르고 허공을 기어오르는 고추잠자리가 먹이사슬이 된들 높은 하늘은 푸르러 애달프고

논바닥을 쓰는 경운기 발동기 소리에 농심이 누렇게 타들어가고 벼이삭이 익을수록 촌로의 허리도 기울어져 애달프고

남쪽에는 서울의 한강이 흐르고 평양에는 대동강이 흘러 서해바다에서 만나는데 서울은 불났고 평양은 불질하니 애달프고

백두산 천지에 푸른 물 넘실거리고 한라산 백록담 물이 마르고 닳아 애달프고

한반도 백두산 병사봉에서 지리산 천왕봉에 이르는 1,500여 키로의 등줄기에 철책이 가로막혀 애달프고

남한이니 북한이니 한 조국 아래에 두 조국을 봐야 하는

민초는 애달프고 서러워 미치겠네

　정치꾼 쌈질하는 데 지치고 억눌려 차라리 지렁이가 돼 땅
에 묻히고 싶다고

　하루도 잠잠할 날 없는 이 땅이 누구의 땅이기에 자기들
맘대로 쌈질하고 난리야

　사랑하기에도 짧은 찰나 같은 생이 서럽고, 개똥벌레 같은
한 번뿐인 아침을 탐하느라 애달프다

북한산 구름꽃

천의(天衣)를 입은 운무
구름바다 삼각산을 휘감고
구릉을 잡았다 놓았다
벼랑을 덮었다 비꼈다
운해가 절벽을 적시네
어드메가 낙원인가
하늘꽃 피어내린 백운대
하늘 아래 영혼의 쉼터이구나
찰나에 모였다 흩어졌다
구름꽃 피어오르네
뫼에 타오르는 안개꽃
그대의 혼이 피어 오른
천화이더냐
운해에 조각배 띄워
운무를 한아름 실고
어디를 갈소냐

백운대 절벽에 선 여심

돌 바위산 끄트머리에 서서 먼 곳을 바라보며 말이 없다
한 발자국 두 발자국 디디면 천 길 벼랑 아래이거늘

바람처럼 구름을 타는 듯
난간 위의 곡예사처럼
벼랑을 태우며 허공을 불러

구름을 말아 놓은 듯
큰 바위 얼굴 둥글게 끝을 굴려
천길 만길 허공을 떨어뜨려

존재의 끝에서
땅덩어리의 시작을 여미려
그녀는 벼랑이 되어

백운대 돌덩어리 끝에 서서
허공의 끝단에 불을 지르네

운무

벼랑을 타는 안개꽃
눈을 감았다 떴다
경각을 움켜쥐고
절벽을 뛰어내려

하늘의 미소
운무에 만상을 풀다
기기묘묘한 물상
묶었다 조였다 풀었다 들었다 놨다

부연에 하늘을 조각한다
구름에 공허를 담그고
이상향, 구름을 띄운다

운해가 옷깃을
파고들다

안개숲길

산바람을 토한 숲길
안개숲 자욱하다
푸르름을 떨치느라
오뉴월의 산중이 안개로 축축하다
산길 타는 낭인
새벽을 물고 와서
운해에 육신을 담근다
까악까악 까마귀 소리
산을 뚜들기다

벼랑에 서서

하늘로 내민 입술
구름에 걸려
벼랑에 비탈을 걸고
바람을 붙들려
길을 물으니
하늘빛 그득 웃음만

구름

허공에 유유하여도

바람에 산산이 부서지고

창공에 고고하게 빛나도

일각을 넘지 못하는구나

해를 갈라도 하늘 땅 사이에 물이고

땅바닥에 낙수하여 낮게 눕는다

잎새 바람

나무는 잎사귀를
나뭇가지에 피어내며
그 잎새를
뭐라 하지 않아요
잎새가 바람을
슬쩍 안아
밀어버리네
아 야
훨훨 녹색 빛을 안고
가지 사이를
날아갑니다

잎새

하늘을 쳐다보다 목이 꺾인 잎새
하늘을 걷는 구름은 유유하며 넋을 놓고
바람을 타고 떠다니는 먹구름아
둥둥 떠있느라 팔다리 욱신거리지 않니
높새바람 허리 휘면 어쩔려고

옹이

고즈넉한 골짜기
산까치 까악까악 우는 소리
첩첩산중을 휘어 감으며
어스름한 노을을 적신다

천년 묵은 솔향
삭풍에 부러진 생채기 위에
똬리를 틀고

송진은 호박을 품으며
산바람은 쌓여간다

산길을 걸어가다

산이 우뚝해도 땅의 산이요 하늘은 하늘이구나
땅 위에 산도 없고 땅 아래 산도 없네

산을 올라도 땅의 땅이요
하늘 아래 뫼이로다

강가를 거닐면 물이 흐르려
물길은 낮게 아래로 아래로

인적이 없는 산기슭에 풀벌레 노닐어
사람소리에 놀라 풀잎이 새파랗게 질렸다

바람이 일면 비가 깨어날까 걱정이고
해가 땅바닥을 훑으니 산천초목 마를까 안쓰러워

북한산성

돌계단 한 단에
백년이 쌓이고
또 한 단에
백년이 눈을 감고

돌 한 단 쌓으며
백년의 세월이 흐르고
돌 한 단 눈 감으며
천년의 심장이 꿈틀거려

거친 정다듬 숨결마다
천년의 역사가 눈을 뜨고
천 만 개의 눈동자가 눈을 감고
천만의 아낙이 토혈하네

개똥벌레의 꿈

개똥벌레 데구루루
빛이 데굴데굴, 식솔이 데구루루
뭍을 임신하려 쇠똥이 구른다

밥술을 등에 지고
태산을 굴려 지천명
공기밥에 세월이 쌓인다

정화수 해오름을 담아
벌떼들의 시간을 거슬러올라
천 겹의 시름을 굴리다

이산 저산 만장을 휘날리며
상여 길을 돌고 돌아
개똥이네 외양간에 생을 놓는다

땅을 굴리고 대지를 파고
똥을 조물조물 비벼서
날파리의 밥술이 된 공덕에
하늘을 날아올라

바다향기 풀빛이 되다

물소리 스르르
하얀 거품으로 물결을 닦아내며
바닷물방울이 솟아올랐다 내려갔다
시소를 타며 웃음소리 실고
한 무더기 향기로
푸른 등에 물빛을 태우고
제주 이호해변의
구멍 숭숭 뚫린
검붉은 화산암을 두드린다
바닷가의
송이흙에 집을 짓는
연녹색의 클로버가
검은 빛을 끌어안으며
새근새근
소리를 재워요

풀빛섬 탐라 빛

풀빛이 싱그러운 이슬로
촉촉하게 춤을 추는
탐라의 눈빛은
눈길이 머무는데
기쁨이고 놀라움입니다.
보이는 풍광이
녹색 물로 그윽하게 물들인
잎새의 춤사위입니다.
길을 걷는 길손의 얼굴에 흐르는 땀방울도
한라의 정기를 머금은 솔솔바람이
푸른빛을 닮은 초록빛으로
두 볼을 씻어내는
초록색 바람의 섬입니다.
하늘의 영혼이 숨 쉬고 깨어나는
녹색 빛의 섬 제주
초록색의 허파로 자유롭게 숨을 들이키게
지켜내야 합니다.
우리 시대의 삽질이
자자손손의 후세에게

아물지 않은 아픔으로 물려주지 않고
맑은 영혼으로 자리매김하기를
소원합니다.
녹색 빛의 이슬이
푸른 바다로 뛰어다니는
탐라의 혼빛을
녹색 바람 그윽 안고
걸으려합니다.

돌하르방 구럼비의 눈물비가 되다

마을이 예뻐요.
아름다워요.
구럼비 풍광이 뼈를 시리게 합니다.

바람이 얼굴을 타고
제주에서 몇 안 되는 가뭄에도 물이 흐르는
어린 초동이 멱을 감고 물장구 치고 뛰놀던
1급수 강정천 냇가에
눈물을 씻으러 달려가요.
서귀포시 대천동 강정마을 구럼비 바닷가에 서식하는
구럼비 나무에 눈물이 맺혀,
탐라의 수호신 돌하르방에 한이 쌓이고
굵은 검은 눈물 두 줄기가
구럼비 해안 바다에 흩뿌리며 흘러갑니다.

하르방의 눈물 할망의 한이 4.3의 영령이 되어
치성을 드리던 할망물을 잃은 조상의 원혼이
비바람의 통곡을 꼭 껴안고
우는 바람 등에 매달려 한숨소리를 뿌리며

눈물 폭포가 되어 용천수 바위를 기웃거려요.

정신이 이상하게 보이는 두루훼 사람은
하늘이 내린 치성의 습지에 군사기지 왜 지을까?
뭍에서 온
두루훼, 머굴챙이, 몽충다리 같은 사람
정신이 이상하고 지혜가 열리지 않고
총명하지 못한 사람이
민족의 성산 한라의 숨결을 잘려내고 파헤치고 있습니다.

자연은 억겹의 숨소리가
지어낸 웃음입니다.

할망의 목소리 하르방의 혼빛이 돌하르방 되어
눈을 뜨게 한 구럼비 해안 바위입니다.

힘들 때 삽질을 멈추어야
그 삽에 제 무덤을 파는
생매장을 막을 수 있습니다.

사랑합니다.
대자연 앞에 겸손하게 눈을 내릴 때여요.
손을 부여잡고 다함께
삽질을 그만

— 제주 구럼비를 걸으며 엄숙한 자연을.

햇빛이 배탈 났네

먹구름이
태양빛을 금세 잡수더니
배탈이 났는지 잠시 동안 살짝
검붉은 태양의
뒷모습만 보여주고

구름 속
치마폭으로 슬며시 숨어버립니다
잿빛으로 물들인 구름은
장난기가 발동해서

검은 흙구름으로 장막을 걸치고
푸른 하늘을
조금씩 베어 물고

한강물도
구름에 겁이 질렸는지
물소리 쏴쏴 뱉어 내며 거칠게 흐르네

수면 위를
물바람 타고
비상하던 왜가리는 물소리에 놀라
재빨리 줄행랑치고

한강 아침빛이 눈뜨다

물빛이
푸르른 하늘바다에서
붉은빛을 머금고
아기의 눈으로 깨어나는
아침햇살은 부드러워요.
푸른 물감을 입에 흘리며
물 위에
날빛 놀이를 시작합니다.
오색 빛깔을 휘저어
물가에
숨을 들이는
고추잠자리의 날개에
빨간색을 불어넣어요.
물 위에
빼꼼 내민 각시붕어의 입술에
붉은빛을
한 움큼 떨어뜨리며
한강에서
자라나는 들꽃

양귀비꽃, 개망초, 괭이밥,
사상자, 나도냉이, 쑥부쟁이,
주름잎, 비짜루,
사데풀 국화 다칠세라
풀숲에 살포시 빛을 떨궈요.
한강의 아침은
빛을
눈부시게 늘어뜨리며
부스스 눈을 떠요.

천수(天水)가 흐르다

한강의 하늘빛이
푸른빛으로 물들이다
물이 하늘이요
하늘이 물이 되니
천수가 천운(天韻)이 되다
물가에 서성이는 길손은
아침빛 물에 취해
넋을 잃고 수심(修心)이 되어
물심으로 하루를 기댄다.
하늘의 물이
금수강산 앞강토에 내려
천지와 천수(天水)를 담아내고
이 강토의
인심을 보듬는구나.
물이 물이 되어
하늘의 도리를
땅에
축복으로 내리니
온 땅이 하늘빛으로
퍼렇게 활짝 피네

빛깔의 자유

색연필아 너는 뭐가 되고 싶으니
물감아 어떤 색깔의 옷을 입고 싶어

사람의 마음은 오색 빛깔일까
파랑, 노랑, 빨강, 하양, 검정색
나의 맘은 어떤 색깔일까
검은 흙빛일까 옥빛 비취빛일까

다함께 춤을 추는 신나는 색깔을 부탁해
민초의 맘을 다독거리는
그린칼라 녹색물감 좀 뿌려다오

봄에는 생명이 움트는 연녹색을 칠해 주시고
여름에는 짙은 푸름의 녹색물감 떨어뜨려 주시고
가을에는 곡식이 춤을 추는
황금벌판의 누런 색깔 잔뜩 뿌려 주시고
겨울에는 따뜻한 밝은 옷을 입혀 주소서

미움, 마음 털어내고

밝은 마음 미소로 웃음 짓는
이 강토 구석구석 철책선 넘어 북쪽에도 골고루
오렌지 칼라 뿌려 주오

한강 새벽산책 후

사람이 뛰어난들
자연의 숨길을 쫓을 길 없고

서책이 지혜의 보고인들
한낱 자연의 베낌에 불과하니

숨 빛을 낮추고
이 땅의 자연을 조근조근 걸어 봐요

무엇이 된다 한들, 그 무엇이 자연만 하겠는가

인간의 생명도 자연이 건네는
바람소리의 경각을

훔칠 뿐이다

한강물결

물
한강물이
꿈틀꿈틀 살아 움직인다.
숨을 들이셨다 내셨다
장단 맞춰 꿈틀거린다.

한 번
긴 숨을 몰아쉬니
흰 거품 뱉어내고
또 한 번
한숨을 몰아쉬니
역사의 한이 떠오르다

밤새 순물을 들이키느라
숨을 가쁘게 내쉬는
한강은
민초의 한소리입니다.

한강물결 2

물
한강물이
새벽빛에 부스스 일어나
눈을 씻고 물 단장을 합니다.
밤새 지친 물결을 쓰다듬느라
지친 몸 다독거리고 있어요.

북한강 남한강 태백산맥의
땅거미를 업고 천리 길 달려와
민족의 성수 한강에
휘이휘이 풀어 놓습니다.

물 위를 걸어가는 아침빛은
깊은 태백산 심줄의 소리에
눈을 씻고 머리를 감고 내린
신단수의 먹임소리입니다.

하나가 내리고 또 하나가 내리며
물은 물결로 인심의 수심을

물 위로 떨어뜨린다.

물가 모래톱에
할멈의 리어카 위에 실은
폐지의 눈물도 숨겨 주고
바람에 멍이든
고추잠자리의 날갯짓이 쉬다가는
툇마루가 되어 준다.

화가의 그림

내면의 깊은 우물을 자극하다
간결한 터치가 한 편의 시를 보는 듯하다
영혼의 내밀한 떨림에 새싹이 피고 있다

오렌지 칼라에서 달려오는 색감에
눈빛이 황금으로 물들고

심장이 불빛을 따라 그림 속으로
걸어 들어간다

양재천의 붉은 수의(囚衣)

잎사귀가
울음을 터트린다.

가을의 고해(苦海)
숨을 멈추게 합니다.

붉은 수의(囚衣) 입고
눈을 부빕니다.

잎새에 하늘이 내립니다.

물그림자 빛깔을 실고
인연(黃緣)을 태워 보냅니다.

전생의 정붙이 녹여
풀어 헤칩니다.

붉은 강물

하얀비가 내린다.

붉은 눈을 감고
하늘이 쏟아진다.

새하얀 비가
검붉게 강을 먹는다.

한강물이 눈을 껌벅이니
빨간 눈물이
하염없이 흘러
강가를 기웃거린다.

강물이 눈물을 흘린다.
붉은 눈물이 흐른다.

달그림자 길을 나선다

달 그림자 쓴 바람을 마신다.
이끼긴 세월이 달빛을 껴안고
추녀에 매달리어 저 멀리 서산을 바라보네.

억겹의 숨빛을 머금으며
찬 이슬이 부시시 눈을 뜬다.

서릿발 소금발로 새하얗게 어깨를 일으키며
동장군을 동네방네 골목길로
불러 모은다.

뚝방 웅덩이에 한숨 자고 난 물바람이
찬물 한 움큼 들이키고
수면에 물들인 달그림자 얼굴을 보듬네.

겨울잠을 드는
풀뿌리가 가녀린 숨소리를 내뿜으며
땅끝에 내민 뼈마다 엉거주춤 밀어넣는다.

땅 그림자 배시시 눈짓하더니
어둠의 뚝방을
초승달 업고 홀연히 길을 나선다.

걷다

걸어가니 무엇이 보이더냐.
바라보니 누가 서 있더냐.
생각하며 걸으니 재밌더냐.

걸으며 뭘 볼라 하느냐
만상은 거기에 있는데
뭣을 보려하느냐

보는 게 뭐라고
자꾸 캐물으려 진을 빼느냐
네 심장도 움켜지지 못하며
왜 그리 안절부절 못하더냐

숨을 쉬고 있으니
너는 살았느니라.
움직이니 숨을 쉬느니라.

뭇 생명은 제 생명을 돌보니라
나무라말고 네 숨을 들이켜라

네 숨을 들이키란 말이다

바람이 심장에 돌바람이 일도록
걷거라.
걸어라 걸어라
네 걸음이 속삭이게 너를 걷게나.

한강 눈길

어둠이 눈을 뜨는
한강 뚝방길을 걷다.
칼바람이 눈길을 잡고
살려 달라고 아우성이다.
손끝이 얼어간다.
한강 수면을 노니는
물바람이 신이 났구나.
얼음이 물결을 잡고
씨름하고 있다.
언 맘이 물이 되려
바둥대고 있는 한강 눈길은
동토의 울부짖음이다.

눈썹에 삭풍이 누어

쓴바람 옷깃위에 웃으며 춤을추네
한겨울 제철만나 원없이 너울대고
강가의 억새풀잎도 꽁꽁얼어 동면했네

세상사 한겨울에 시름을 올려놓네
인간의 욕망의 덫 추위에 꼼짝않고
온몸을 철갑옷으로 치렁치렁 감누나

때 되면 모든 것이 손털며 내려놓고
한줌의 춤사위에 전신을 태우고여
눈한번 껌벅거리며 저승길로 올라가네

차디찬 강바람이 심장을 에이누나
속터진 세상살이 고드름 매달리고
눈썹에 삭풍이 누어 한세상을 돌아보네

물질이 속마음에 차있고 넘쳐나도
한평생 가는 길에 찰나의 욕심이고
차올라 넘치고 나면 모든 것이 업보되리

사랑을 타다
그리고
지하철은
달린다

붉은 설음이 산바람을 끼얹고 실핏줄 토하느라
마른 계곡물에 산새 울음소리 떠내려가고
소슬바람 길을 잃고 산중을 낭낭하게 떠돌아
빠알간 바지저고리 산마루에 휘멀거니 걸리어
쓰러져가는 추풍낙엽에 넋을 놓고 자지러지네

산까치 까악까악 우짖으며

밥 덩어리 등허리에 지고 산허리에 오르려니
산까치 까악까악 우짖으며 추풍낙엽을 쪼아
연기처럼 사라지는 청풍명월도 시절이 없구나
세상인심을 묻히느라 가슴마디 까막까막하네
업을 꺾은 관절의 마디마디 풀어헤치고서야
벼랑을 끼고돌다 등성이를 오르라 손짓하누

비닐하우스에 내린 아버지 어무니의 땀

겨우 한 시간 반의 비닐하우스
거름 뿌리기에
온몸이 땀으로 범벅이 되어
옷에서 땀이 짜집니다.
아버지는
이 힘든 땀의 노동으로 시골에서 농민으로
일생 동안 땀을 흘리며 살아가셔요.

제주 바닷길을 십이일 동안
250리 걸으며 흘렸던 땀보다
찰나의 경각에 등줄기를 타고
흐르는 땀이 많은 말을 하며 흘러요.

팔순이 되시는 아버지는
꼬부랑 할아버지가 되어서도
땀을 철철 흘립니다.
자식의 땀은 눈물이 되어 앞을 가립니다.

난 어디에 서 있는가.

하늘에 퇴비에 비닐하우스에 속삭입니다.
엄마 아버지가 두 손을 꼭 잡으시고
오랫동안 함께 사시라고
저의 효도를 받으셔야 되는데
갈 길이 멀리 보입니다.

사랑합니다. 존경합니다.
옆에 계셔주셔서 고맙습니다.
오래오래 사셔야 돼요.
아버지 어머니

아들아

아들아 아들아 아들아
아비를 보면 안다
아비의 눈을 보면 안다

아들아 사랑한다
아들아

통일

내 눈의 티끌을
빼서
눈물로 삭히면

네 눈이 한없이
내 심장을
달구지

눈이 손짓해
너의 가슴이 터진 걸
내 가슴은 알아

사랑해 사랑해

무명 시인의 조국통일

나의 조국은 대고조선의 영령이 춤추는 오천리 백두대간입니다.

나의 조국은 철책선으로 절단돼 신음하는 땅 그 전, 이념의 분단 이전에 한 땅이었던 조국의 산하입니다

서구 열강의 침략으로 도륙되고 이념의 최전선에서 무참하게
민주주의, 공산주의의 실험도구로 처참하게 이용 당한
파렴치한 20세기, 21세기 역사의 눈물이 아닙니다

한민족이 할비 할미가 손자가 두런두런 팔천년
마주보고 손잡고 어깨를 톡톡 치며
서로의 얼굴에 웃음을 이유 없이 흘리는 사랑의 땅입니다

아침은 한강 선착장 카페 옆 테라스에서 수만 겹의 너울을
이개며 흐르는 한강물을 쌉쌀하게 보며 벗과 함께 눈을 마주
칠 수 있고
점심에는 대동강 능라도경기장이 보이는 능수버들 아래를
걸으며 고려의 팔만대장경의 염원을 되새김질하는 산책길
낮뒤에는 개마고원을 거쳐 백두산 천지에서

대고조선의 혼령과 춤을 추는
빛나는 조국의 산하

녹슨 전선을 넘어

비록 오늘
녹슨 철책을 건너려
민심이 쓰러지고
청춘이 밤을 덮고
반딧불이가 전선을 다독이고
날 갈은 총검이, 지뢰가, 포탄이
어두운 터널에서 선잠을 자고
처벅처벅 맥없이 군화소리 속울음을 끌고
풋풋한 산소가 철망에 걸려
날갯죽지 분지르지 않는
백로의 하얀 깃털을
동해의 빛을 기러 서산마루에
해걸음이 자지러지는
본디 있는 있던
백두대간 등줄기를 타고
황하로 만주벌판의 안시성으로
말달려 내달리고

사랑한다 말해요

인간의 가장 위대한 몸짓은 숨 쉬는 것이지요.
인간의 가장 아름다운 말은 사랑한다는 것이지요.

인간의 가장 천박한 것은 말과 행동이 괴리된
이중적 잣대와 허상이지요.

인간의 가장 바보 같은 짓은 살아생전
사랑한다 말하지 못하고
사랑하는 사람을 보내는 것이지요.

사랑하는 사람이 숨 쉬며 눈 뜨고 있을 때
사랑한다 말해보세요.

낼은 아무도 모릅니다.

미움이 남아 있으면 사랑의 씨앗은
아직 죽지 않았습니다.

사랑한다 말해요.

아부지에게 엄마에게
형제자매에게 친구에게 돈 떼먹고 도망간 놈에게
저 잘났다고 기고만장하는 사람에게
사랑한다 말해요.

이 땅의 주인은 우리 모두이기에
사랑한다 말해야 합니다.
사랑합니다.

기도는

기도는 감사함을 느끼게 하고
겸손하게 하며
나의 이익을 넘어선
다른 생명의
아름다움을 볼 수 있는
소박한 눈을 회복하게 합니다.
함께하는 나눔의
믿음의 정성을 알아가게 합니다.
이 순간이
숨을 쉬는 이 모습이
위대한 아름다운
숨소리임을 느끼게 해줍니다.

어머니의 기도

시골에 엄니와 아버지
성당에 다니신다.
가난한 농부의 기도는 제 자식 이혼 안하고
사는 게 소원이란다.
어머니의 기도는 네가 가장여…
밥을 챙겨 먹여야지…
시골에서 중딩 까지는 꽤나 잘났다고 했는데
사는 게 그러네
난 아직 운전 면허증이 없다.
시골 갈 때마다 십리 길을 바람을 친구 삼아
눈보라를 머리에 쓰고 오는 자식이 안 됐는지
택시 타고 오지 않으면 오지 말란다.
오십 줄이 돼서도 올라올 때
꼬깃꼬깃한 몇 만원을 주머니에 넣어주신다.
효도는 커녕 숨쉬기도 바쁘다.
아니 아직 이혼 안 당하고 살고 있으니
효도하는 건가. 아 아
도장을 수없이 찍었지만….
난 죄인이다. 가장이 되기에는 그림자가 넘 길다.

시골집 벽에 오래된 십자가 있었는데
78년인가 누나가 들고 온 십자가
엄니가 작년인가 비슷한 크기의 십자가를
안방 아랫목 벽에 걸으셨습니다.
오늘도 어머니의 기도 소리가 들립니다.
할머니의 굽은 등으로 그 먼 길을 걸어가시는
팔순의 눈이 길을 밝혀요.

엄마의 굽은 등

굽은 등짝
세월도 굽어
소리 없이 사그라지고

자식놈 밀어내느라
엄마의 등허리
마음도 말리어

소태 같은 한생
지아비를 받드느라
몸뚱이 닳고 닳다

가을에 쓰는 편지

가을바람 시원하게 얼굴을 씻어 내고
한달음에 나뭇가지를 지나
황금 들녘의 고추잠자리 등에 올라타
누렇게 농익은 벼 위를 비상합니다.

농군이 봄에 뿌린 모가 벼가 되어
고개를 낮추는 만추의 계절입니다.

참새와 입방아 찌며 황금벌판의 벼이삭을 지키는
허수아비의 팔짓에 아랑곳하지 않고
까르르 웃음만 떨구고 유유하고 있습니다.

늦봄의 모내기 이식을 참아내고
바닥에 뿌리내리느라 얼마나 진땀 흘렸을까.
무더운 여름햇살 이고
이마에 땀방울 송골송골 맺히며
논두렁에서 피를 뽑아내려 촌부의 아낙은
얼마나 두렁길을 가고 왔을까.

머리에 참을 이고 나르느라 얼마나 기우뚱거렸을까.
이제 가을의 풍요가 가락이 되어
꽹과리 징징 울려 퍼질 텐데
수확한 볏 가마 수매해줄 곳 있을지 걱정이 앞섭니다.

농부의 자식으로 태어난 유년의 슬픔이
이 가을 아침에 쏴하게 달려옵니다.

제다 임 샘에게 띄우는 가을소리

임 샘은 촉촉한 물기가 흘러요.

열심히 살아내는 한 사내의 비애가
초가을 귀뚜라미 소리에 실려 다가옵니다.

중동의 사막에서 정좌하며
고독과 씨름하는
물기 빠진 한 인간의 땀이
마른 진액으로 진하게 풍깁니다.

섣불리 다가서지 못할
뼈에 절인 눈물의 소야곡이
모래바람에 휘둘려

광풍이 되기도 하고 연풍으로 속삭이며
무한, 모래평원의 아지랑이로
일시일시 무심경각(無心頃刻)으로

산이 솟았다 움푹 패인 골짜기로

심수로 심풍으로
제 가슴의 혼줄을 빼놓아요.

첫새벽의 여명이
오늘은 서쪽의 제다에서
도반이 빛으로 일어나 비추어요.

사랑합니다.

― 2012년 9월 12일

좋은 집의 담론

인간이 집을 선택하지만 집을 산 후
집은 무한정한 영향을 집에 사는 사람에게
정신적, 물질적 영향을 줍니다.

좋은 집에는 향기가 흘러요.
아름다운 집에는 잔잔한 미소가 뿜어져 나옵니다.

집은 단지 물질로 형성된 거죽이 아니라
인간이 직립하면서부터 삶의 존재를 찾아가는 여정에서
인간과 동고동락한 필연적 도구이자 삶을 뱉어내는
정신의 울입니다.

좋은 집은 비싼 집이 아닙니다.
아름다운 집은 큰집의 허세가 아닙니다.
집주인이 감당할 수 있는 만큼의 크기와 공간에 거해야 합
니다.

안을 수 없을 정도의 큰집에 비싼 집에 살면

그 집이 흉기가 될 수 있습니다.

잠을 편히 잘 수가 없어요, 잠자리가 뒤숭숭합니다.
누구는 집을 작은 우주, 소우주라고 말하는 이도 있습니다.

건축은 인간, 시간, 공간, 생활이라고 말합니다.
여기서 중요한 것은 생활과 공간의 관계이고
좋은 시간의 퇴적이며 소통입니다.

공간은 자연적인 우주적인 공간과
사람이 인위적으로 만든 집의 내부공간으로 나눌 수 있습니다.

결국 공간의 다스림이 집의 본체이고 근원이라 봅니다.

칸트의 순수이성비판에 이미 공간의 성질과 철학적인 담론을 정의하였고
노자철학에서도 빈자의 미학이 언급되어 있습니다.

아무튼, 집은 간결해야 하고 자연과 가까운 자연스런 모습을 가질 때
부담 없이 다가가고 말할 수 있습니다.

그리고 우리에게는 풍수사상, 풍수철학이라는 독특한 사유가 거합니다.
바람과 물의 흐름, 기를 중시하는 친환경적인 화두를
전통으로 안고 있습니다.

겸손한 집, 주변과 동화되는 집, 자기 혼자 잘났다고 티지 않는,
도시맥락을 이해하고 각각의 집터, 장소가 갖는 역사를 알고
집에 담아낼 때 좋은 집이 될 수 있고,
그 집이
집주인의 순수한 심향과 겹쳐지면 생로병사를 건강하게
자자손손 오랫동안 누릴 수 있습니다.

자신에게 맞는 집이 천수를 누리는 지름길이고
가족간의 우애와 행복을 찾고 지키는 첫 번째 진실입니다.

좁아도 아름다운 집이 있고
큰집과 비싼 집에도 악마가 거할 수 있습니다.

김수영 시인의 〈가옥찬가〉에서

"집이 여기 있다고 외쳐라

하얗게 마른 마루틈 사이에서
검은 바람이 들어온다고 외쳐라
너의 머리 위에
너의 몸을 반쯤 가려주는 길고
멋진 양철 채양이 있다고 외쳐라"

이 시를 대학 때 음미하며 충격을 받았습니다.

집은 한 번 지어지면 죽은 물체, 물상이 아니라
인간의 영혼과 하나 되어 살아있는 영혼체로 거듭나고
살아있는 유기체가 됩니다.

집을 사랑하며 겸손하게 집과 대화해 보시죠.

잠자는 아들과 딸에게 아비가 밤늦게 와서
사랑한다 말한 소리를
공부방 공간의 공기와 벽, 천장은
아버지의 사랑을 스펀지처럼 빨아드렸다가
자녀에게 아름다운 향기로 전해줍니다.

붉은 감

볼그레한 님의 뺨은
누굴 보고 수줍어하나

낭인의 가슴은
네 붉은 심장을 걷고 있다.

시월의 둥근 보름달 머금고
달빛으로 물들였구나.

이른 새벽
월화시로 길어 올려
정화수에 세수한
붉은 감빛 너의 얼굴이

싱그럽게 청초하게
푸른 가슴에
멍으로 주렁주렁 열린다.

가을 잎새

은행나무가 아침을 열고
가을비가 의자에 내려앉아요.

아침공기가 부스스 일어나
바닥을 쓸고 있습니다.

은행나무 잎새가
노란 허공에
빨갛게 시를 불사릅니다.

밤새 땅바닥에
붉은 심장이 내리어
눈을 감아요.

실바람에 올라타
하늘 길을
누더기 옷 풀어 걸치고
떠오릅니다.

가을 여인

멋진 가을여인이
가을을 통째로
안으셨습니다.

가을이 미인 앞에
눈물을 흘립니다.

가을이 시샘하게 하는
여인의 풍치(風致)가
고즈넉하고 운치(韻致) 있고

격조 있는 아름다움에
가을빛이 취합니다.

때가 되면 모든 것은 손을 놓는다

가을이 만남과 이별을
눈에 밟히게 합니다.

아침의 찬 기운에
붉은 감, 들국화만이 홀연히 손짓하고
잎사귀는 서걱서걱
하늘에 고해하고 있습니다.

한순간 지나오는 삶 길에서
이마에 올라탄 욕심쟁이가
좀처럼 천길 바닥으로 떨어지지 않고
콧잔등 위에 덕지덕지 붙어 있습니다.

한밤을 쪼아대던 소리
차가운 돌덩어리에 새김질합니다.

아침에 눈을 뜨니 밤새 안녕히

자고 나면 비각으로 사방에 세워진

비문의 글귀를 보느라
발걸음 옮기기 버겁습니다.

사랑하는 딸에게
: 절차탁마(切磋琢磨)하거라

지식의 멋이 아닌
지혜의 우물을 한 모금씩 적시게 하소서

욕심의 그릇에서
겸손한 사랑을 들이키게 하소서

사랑을 몸짓으로 실천하는
향기가 나는 영혼이 되게 하소서

배움이
자기 한 몸(一身)의 출세를 위한 도구가 아니라

큰 세상을 위한 쓰임인 것을 알아차리고
인내하며 묵상(默想)하는 삶이 되게 하소서

탁마(琢磨)의 길에서 나로 인해 소외된
젊은 영혼에게 베푸는
동량이 되게 인도하소서

마음과 몸을 고루 지탱하여

자연과 생명의 수레바퀴처럼
대자연을 품으며 기쁨의 눈물을 알게 하소서

딸이 도달한 오름의 길은
낮은 언덕 위를 걸어가 성취한 길임을
새김질하며 살게 하소서

기쁨과 슬픔이 다름이 아니고
한 그릇에서 동행하는 이웃임을 느끼고

겸허하게 낮은 모습으로
웅대한 뜻을 품게 인도하소서

하고 싶은 일을 맘껏 하면서
삶을 즐기게 하소서

─2012년 11월 8일 첫새벽에
딸을 만나서 행복한 아버지가

젊은이에게 드리는 짧은 고백

길을 가다 보면
모든 게 별것 아니구나
이런 생각이 어느 순간 듭니다.

오늘 죽을 똥 살 똥 했던 그 순간들이
나의 욕심에서 나오는구나 이런 생각들이
머리를 휘리릭 자나가면서
망치에 맞은 듯 정신이 확 들어요.

주마등처럼 지난 역정의 세월이
확 떠오릅니다.
저에게도 간단치 않은 시간의 겹이
많았습니다.

원치 않던 실업계학교 가서
30년의 인생을 저당 잡히고,
대학을 장학금과 은행 학자금융자로
몇 번의 휴학 끝에 턱걸이하여 마쳤습니다.
사업에 실패하고 사지(死地)의 한강에도 갔다가

지금은 덤의 인생을 살고 있습니다.

그리 하고 싶은 글쟁이의 꿈을
나이 오십에 이루었습니다.
쉰 줄 지천명에 등단을 하니 두통처럼
절 졸졸 붙어 다니던 불면의 밤과
미친 밤은 많이 줄어들고
산책하며 내면을 바라보는 시간이 늘어납니다.

삶 길이 울퉁불퉁하나
하고 싶은 일을 하라는 당연한 말입니다.
말은 쉬워도 실은 실천하기가 만만치 않아요.

대학도 일류대학도 좋은 직업도 허상입니다.
무엇을 하고 싶은지
자기 가슴하고 마주앉아 말해보세요.

진심으로 확아악 털어놓고 편하게
나의 심장에 조근조근 속삭여보세요.

맘이 내미는 그 길이 하고 싶은 일입니다.

멀리보고 30년 후를 보며
긴 여행을 뚜벅뚜벅 즐기며 걸어가소서.

지금을 견뎌내시면 내일은 나에게 걸어옵니다.
오늘은 새로 시작하는 날입니다.

농주의 눈물

숨을 쉬는 술
들녘의 말을
품어 가는 삶 술

땅이 말을 내뱉고
논이 걸어 다녀
밭이 숨 쉬어
들풀을 빚어
땀으로 술잔에 드리우네

천지의 눈물이 한이 되어
농주에 내리네.
할비의 손짓이 담긴 맘이여
할미의 쌈지가
담아내어 웃고 있어

논뙈기 넘겨 장남 사업
밑 빠진 독에 꾸러 박아
소 팔아 차남의 학비 치러

딸년들 시집보내려
한이 된 탁주여

아비의 눈물이 연꽃으로 피어내
향기로 피어오르네.

술에 내려 맘을 고백해
사랑혀 사랑한디
너의 몸뚱아리 술이 되어
농주의 한풀이하네

날파리가 동네방네

날파리는 계절도 타지 않는 듯
사방을 씽씽거리며 푸드덕거리고 있다.
추위가 이쯤 되면 수그러질 만도 한 데
도통 멈출 아량은 전혀 없네.

숨을 쉬는 게 사람에게는 유일한 희망이다.
멈추면 모든 게 정지이고 빛바랜 영혼일 뿐인가.

눈치코치 잘 보며 가야 밥줄 끊기지 않고
눈에 넣어도 아프지 않을 새끼들 입에
풀칠할 수 있는 세상이다.

하는 소리가 뭔 얘기인지 도통 알 수 없다.

대궐 같은 집에 살면서 서민을 말하고
시장통의 하루벌이 인생에게 갖은 감언이설이나 하는
뚜쟁이를 보노라면 할 말이 잊어진다.

단 한 번이라도 땀 흘리며

제 숨 쉬며 돈이라는 것을 벌어 봤는지
알 수 없는 종족들이 위선과 허욕으로
스스로의 죄과를 묻고 있다.

멍 때리는 잡배들만이 좋아라 하면서
이리 붙고 저리 붙고
제 세상 만났구나.
교육이 사생관을 제대로 심어주지 않는 한
이 땅의 날파리들은 지 세상을 만난 듯 지랄하면서
그들만의 세상을 만들려 날뛸 것이다.

큰집에 살면서 대궐 같은 집에서
팬츠만 입고
더워서 식은 땀 줄줄 흘리는 인간들이
민초가 어떻고 서민이 뭐시라고 국가가 뭐라
남북은 어떻고, 또 뭐시라
개 뼈다구 같은 소리를 언제까지 들어야 하나.

이 땅의 구국영령들이 목쉬어 가고 있다.

어머니의 굽은 등

눈에 넣어도 아프지 않은
새털구름 웃음이다

어머니
팔순의 외진 인생길에
아들을 낳고 얼마나 좋아했을까

시장 골목길 모퉁이에 좌판이 열리고
채소장사로 웬 종일 모은 배추잎사귀
꼬깃꼬깃 쌈짓돈을 부치려
우체국으로 달려가는 엄니가 첫새벽에 계십니다.

엄마 돈이…
라면도 떨어졌단 말혀
만원이라도 좀 부치라고
그려 좀만 기다려 부쳐 부쳐야지

철없는 대학생은
엄니의 속이 배추잎사귀에 타들어가는데

지 배고픈 것만 챙기느라
입에서 나오는 데로 뱉었습니다.

어머니의 주름살
산허리 팔순 고개 돌아
둥그렇게 굽은
등허리가 눈에 선합니다.

맛 나는 생선 한 토막
자식 놈 눈에 밟혀
고기 한 점 편히 못 드신
엄니가 새벽에 푸성귀 뜯으라 일어나십니다.

우리 아들 잘 있나
회사는 안 짤리고 잘 다니나
일 년 놀았으면 뭐라도 해야 하는데
빌면서 살아 이놈아 네가 문제여
애 생각해서 잘하란 말혀

어머니가 창가에 물끄러미 서 계십니다.

엄마 추워요

어머니 얼릉 들어오세요.

붉은 눈이 내리네

눈이 내리네
하얀 소복을 입은 천사가 내려오고 있다.
하얀 눈물이 내리네

제 몸에 묻은 흰 꺼풀 한올 한올 풀고 있네.
얼어붙은 눈물방울을 흩날리며
한이 된 하얀 속 눈물이
흰 소복을 입고
길거리를 미친 듯이 뛰어다닙니다.

통곡의 하늘바다 뚝방이 무너져
아기울음 어미울음 아비울음
할미울음 할비울음이 뒤섞여
울부짖고 있습니다.

붉은 한을 물고 한줌 바람에 올라타
온 천지에
검붉은 눈알을 뿌리며
붉게 물들고 있습니다.

제 가슴을 보이려
옷고름을 풀어 제치네.

하늘 길

잎파리가 나뭇가지에 들러붙어
날짐승그림(翎毛畵)의 걸개가 되고
앙상한 뼈마디 삭이며
얼음장에 몸뚱아리를 처박고
삭풍에 하늘거린다.
천 길 땅속으로 쏟지 못하고
큰바람을 심장에 삽삽하게 토하며
때 늦은 하늘 길을 기다리고 있다.
굳은 살점 몇 해를 견뎌내어
하늘 옷을 입고 마디마디를 타오르려
한겹 두겹 덧칠하며
웅어리진 바람소리 골수에 맺히고 있다.

하루가 삼년같이

닭 모가지를 비틀어야 첫새벽의 여명이 밝아지겠지
어둠이 거쳐야 첫날이 오려나.
극한의 어둠계곡으로 떨어지는
동지섣달 세밑에 웅크리고 앉아서
찬바람을 들이킨다.
일일 품팔이 인생
하루의 자락이 정오를 넘기면서
두런두런 상념이 꼬리를 물고 늘어진다.
일일여삼추(一日如三秋)라,
하루가 삼년같이
시간의 추가 꼼지락 않고 멍하니 서 있네.
반딧불로 한밤중에 등불이 되어 날을 지새웠던
한여름 밤의 꿈이 세밑의 끝자락에 우두커니 서 있다.
얼음눈 밑에는 맑은 시냇물이
두툼한 경계를 머리에 두르고 고요히
저 먼 대양으로 물길을 내리고,
물따라 땅속에 동면하는 생명의 잔해를 호호 불며 껴안고
있다.
얼음장이 눈 녹듯 녹아내리면

새봄에는 싱그러운 파릇파릇한 새싹들이 눈을 뜨며
사계의 시작을 알리겠지.
질경이, 쑥, 냉이, 씀바귀, 숙주, 미나리, 물쑥도
겨우내 추위에 얼어 있던 찬 기운 털어내고
녹색물결의 새로운 땅을 열어가리
그 봄에 물쑥나물 향기 쫓아
산천초목 호강하며 샛길을 걸으리다.

지하철 1

빛을 도망친 부연이
땅속에 덜커덩 누워 발바닥을 실고
눈빛을 덥는다
해가 넘어진 검은 동굴에
소소한 수의를 걸치고
밤을 뚫는다

살빛에 부딪친 속마음 들킬세라
문을 열었다 닫았다

빛을 잘라내며
한 걸음 두 걸음 빛을 빨고

내는 어디에서
우두커니 서 있다
땅이 움직이지 않는다

지하철 2

햇볕과 긴 이별을 한 땅속
살점을 도려내 동굴을 뚫고
땅의 심장 가까이에 다가가
흙의 헐떡거림을 듣는다

땅 위에서 쫓겨난 햇빛
거미줄처럼 땅 밑을 헤집어
어둠을 뒤집어쓰고
빛들의 잔치를 매일 벌인다

사람 냄새 진동하는 묵은 인을 빼려
환기탑은 오늘도 팔랑팔랑 돌아가고
눅눅한 눈빛이 부서진다

무릎 거리만큼 턱밑에서
같은 동족의 숨을 물씬 맡으며
사람에 취하누

땅 위 길가에는 여름을 단

녹색 바람과 어깨동무하고 나뒹굴고
단내를 훔친 이방인
그들만의 잔치를 벌이고

지하철에는 오늘도
네 숨이 내 코를 타고 흐른다
네 숨이 나구나

지하철 3

쑥스럽고 간들거리던 어제를 미명에 태우고
조금은 홀쭉해진 빈 보자기를 들고
도열한 천장의 불빛에 눈빛을 늘어뜨린다.
사금파리 하나 둘, 주머니에 넣고
긴 입술 속으로 불나방처럼 뛰어들어요.
허겁지겁 잘린 틈을 비집고 나서야
이방인의 허파에 내 숨을 의탁하고
그녀의 짙은 향수에 코는 이리저리 내빼고
묵직한 손잡이에 온몸을 매단다.
새벽을 깨우느라 전동차는 아침도 거르고
인내를 펌프질해 열 가락지 여섯 가락지를 끌고
침잠한 어둠의 동굴을 질주한다.

아내의 숨이 채 마르기 전에
딸 아들의 눈이 채 떨어지기 전에
목적지에 가려 땅속을 올랐다 내렸다

갈아타고 갈아타야
숨줄이 떡 버티고 있는

햇빛이 걸친
호랑이 굴로 갈 수 있다

덜컹덜컹 철마는
여우 꼬리 숨기고

지하철 4

밤을 탄 여인의 숨이
아저씨의 옷소매에
대롱대롱 달려 있다

소주 냄새, 양주병이
음주가무가 그렁그렁
눈을 흘긴다

바지가랑이에 흘린 아가씨의 숨이
새벽을 붉게 타오르다 떨어진 입술 한 포대
닦아내다 밤을 실고 온 그 놈,

아침이 눈을 뜨고
마누라는 저녁을 하얀 식칼을 갈며
전의를 불태운다

고교 동창 아부지 급작스레 가셔서
거기 가느라 전화 못했어
늦게 메시지는 남겼는데, 함 봐~봐~

아~아악, 약이 나갔는가 보네 악, 쏘리 쏘리

퇴근 후 알리바이를 짜느라 출근길
전동차의 여기는 술집역입니다
아니지, 여기는 역삼역입니다
서너 정거장 지나치고 건너편으로 줄행랑치는

집을 가기 싫다
저녁아 오지 말허

하얀 종이에 최후의 각서가
난 더는 못 산다
일일여삼추

지하철 5

20여 년 전, 1989년, 2호선 종합운동장역 아시아선수촌 공원
에서 노숙하고
  첫 지하철을 타자 마자 기절하여 의자에 고꾸라져 누워 있
는 한 젊은이가
세상을 한탄하며 잠을 자고 있다.

밤새 흡혈귀 모기에 배고픈 껍데기 뜯기고
수심에 가득 차 비몽사몽 달게 자는 사내가 있었다.

  뭔 이빨 간 모기가 번뜩이는지 어둠을 지척거리고 날이 새
다마자
정거장 셔터 올라가기를 기다렸다는 듯이 튀어 들어가
  구텡이 긴 노인석에 대자로 드러누웠다.

  한 바퀴 돌고 깨어나야 출근하는 데 두 바퀴 돌고,
  술 냄새 풀풀 풍기는 나를 피해 몇 발짝 떨어져 빡빡하게
인산인해.
  소란스러워 몸을 비틀어 깨어났더니 아침 아홉 시가 지나고,
  엉거주춤 일어나 종로 3가에서 3호선으로 갈아타고 부랴부

라 신사역에 내렸다오.

9월 말의 서울 하늘은 추위와 모기떼에 실날 같은 숨을 몰아
쉴 뿐,

추위에 밤새 떨다 들어온 지하철 안은 따땃한 천국이었다.

불현듯 누워 있는 나가,
미안해하는 나가 꼼지락거리고 있다.

지하철에는 지난 시간이 새콤새콤 눈을 뜨며
속절없는 청춘이 눈을 감고 있다.
동냥하는 노숙자에게 괜스레 미안하구나.

몇 번은 울타리를 넘어 타고 난간을 뛰어
나 살려라 도망쳤다.

그 지하철역을 본다.
노숙인이 스티로폼을 개고 있다.

지하철 6

할미 품에 안긴 아가가
어미의 눈을 심느라
입술이 파르르 떨리고

아빠의 웃음을 찾느라
연신 볼을 부비며
코를 핥는다

엄마 냄새 기억하려
단내의 코를 박고
얼굴을 파묻는다

지하철 7

깊은 동굴에
눈동자를 정지시키고
표정이 굳은
살아있는 화석이 서 있다
태양을 피한 영혼들이
땅속 깊은 터널에
생과 사를 오르내리며
인공의 빛을 난발하며
긴 몸뚱이에
인생을 풀고 있다
이승의 낮빛과 저승의 얼굴
실타래를 늘어뜨리고
눈을 감는다

지하철 8

하늘을 묻은 동굴
떼 지어 촘촘히 들어선다.

웽 웽 스르르 덜커덩
삶을 주섬주섬 실은 은빛 열차
엄니를 떨구고 할미를 실고
애비를 자르고 할비를 태우고

안전문이 스르르
철문이 겹겹이 열리더니
초점 잃은 영혼을 뱉어내고
낼름, 신선한 먹이를 잡아 삼킨다.

천장에서 쏟아지는 냉기에
사지는 호강하며 팔다리 늘어뜨리고
땅속으로 하염없이 침잠한다.

빈 하늘에 몸을 묻은 생
텅 빈 육신을 냉동하며
철마는 땅을 헤집고

지하철 9

무덤 속으로 해를 묻고 걸어간다
마을버스에 대가리 숙이고
천오십 원의 인생, 왕복 이천이백 원의 인생
옥황상제님이 도열한 땅속으로
낮을 면접 보라 매일 출근한다
잃어버린 해를 찾아 궤도 위에 쓰러진다
철마에 무더기로 서 있으면
생사를 훔친 밤이 흔들흔들 낮을 캔다
이번 정거장은 동대문역사입니다
어디까지 가시나요
어디에서 환승하시나요
난 1호선 지방 인생인가 2호선 쳇바퀴 굴렁쇠인가
웬 종일 돌고 돈다
2호선 한 바퀴에 두 시간을 걸고 어둠에 빠진다
기다란 궤도 영창은 빛에 재갈을 물린다
빈자리 털릴까 봐 허공에 수갑을 채우고
게슴츠레한 낮빛을 연신 흔든다
한 무더기 시궁창 인심을 삼분마다 자르고
한 무리 심장 없는 군상이 삼분마다 쳐들어온다

이삼 분에 자리를 뺏지 못하면
땅속 괴물이 먹이를 토할 때까지
군중의 눈알을 도망쳐 잽싸게 먹잇감을 노린다
어느덧 터진 땅이 갈라지고 태양에 불탄 밤길을,
땅을 흔드느라 노곤한 허깨비는
꾸역꾸역 밤에 만취해 비틀비틀 어둠을 친다

지하철 10

직립인간의 웅성거림
흙빛 동굴로 걸어간다
어미의 자궁 속 난자를 찾아
수억 마리의 정자를 물리치고
단, 한 마리 두 마리 세 마리만이
태초의 양수를 헤엄치며
빛과 연결된 어머니의 탯줄로
세상의 뿌리를 더듬으며
인연 속으로 빨려들어 간다
혼돈의 헝클어진 시간
스스로를 나락으로 떨어뜨리며

외마디 신음소리
꺽꺽 꺼어억

철마에 빛을 잇는다

덤
(조영숙)

소리 없이 희망을 안고 온
봄님은
소리 없이 온 대지 위에
생명의 씨앗을 뿌리고
소리 없이
소리 없이
떠나려하네

춥지도 덥지도 않고
좋은 계절
일년 중 가장 아름다운 계절
여왕이라고 불러줄 만한

정말 아름다운 계절

초록의 물결 속에
향기의 물결 속에
나는 취했네

우리가 한집에서
살림 시작한 달
오월
우리는 이 좋은 계절에
시작했네

행복의 단비가 내리네
오!
아름다운 계절
오월

▸ 주부. 삽교에서 전원생활을 하며 시 작업을 꾸준히 하고 있다.

꽃
(주미선)

꽃이 머문 자리에서는 항상 흔적이 남는다.
시든 꽃이라고 무시하거나 비웃지 마라.
그대는 다음을 이을 자손을 위해서 온몸을 다 바쳤는가?

온전한 삶이란 나고 자라고 죽고 가 공생한다.
피고 지고 열매 맺고 피려고 하는 꽃망울이 한뿌리의 가지
에 같이 매달려 있듯이.

나비 벌이 찾아드는 찰나의 꽃만을 본다면 생의 절반만 가지
는 것.
숨어 있는 만 가지의 노역이 그저 스치듯 순간에 활짝 나타나
는 것.

피어남을 환호하지도 말며
진다고 허술히 하지도 말자.
모든 것은 하나의 줄로 이어진다.

▸ 경남 진해 출생. 홍익대 예술학과 졸. 작가의 꿈을 꿉니다.

기억

(조준형)

나는 기억하고 싶고
추억하고 싶다
나는 내 인생의 과거를 사랑하고 싶다
내 기억이 추억이고
그 기억을 사랑하고 싶다면
나는 사진을 사랑해야 할 것이다
철컥하는 기계음이 내 추억,
기억을 남기는 것처럼
내 머리, 모든 것을
영정사진처럼 기억하고 싶다

▶ 서울 출생. 건축가. 사진가. 전, 간삼건축

질실(質實)한 사람아!

: 나를 향하여

(권시혁)

그리움에 잠이 깬다.
아무도 반겨줄 이 없는 새벽에 사랑을 심는다.
결코 무시당할 사람이 아님이 확실한가?
나는 나를 만나고 싶다.
마음껏 사랑하고 사랑받는 그 순간이 그립다.
진실한 사람으로 살아가자.
누군가는 질실(質實)에 목말라 있다.
나의 살던 고향 노래를 불러보자.
혹시 내 님이 들을 수 있게
가볍게 일어나자.
그리고 사랑을 폭포수같이 쏟아내자.
무심한 사람아 오늘이 좋은 날이다.
행복을 꿈꾸자
멀리서 오실 님을 반가이 맞이하자.

▶ 55년 경북 예천 출생. 방송대 행정학사. 부산 장신대. 기북교회 담임목사

묵상
(조성범)

묵상이
밖으로 만 걷는 저에게
안으로 걸으시라는 채찍으로
가슴팍을 내려칩니다.

끝없이 벌어지는 수줍은 영혼에게
감고 감으라고 줄이고 줄이라는
권면의 말씀에

쭈빗쭈빗 넘치고 찌르는
언어의 화살을 무디게 엎는,

무릎을 낮추어 가는 겨울의 길목에서
지난 시간의 업을 추스릅니다.

이미 보여진 모습과 현상은
굴절된 시간의 굴레가 목을 추기며
꼬인 실타래도
하나씩 하나씩 풀려 연은 연으로
이어짐을 묵도하는 외침을
마주하게 깨워주시니
몸 둘 바를 모르겠습니다.

지천명의 삶빛을 글에
압축하는 시간들,
빛 속을 적시었던 삶의 궤적

원치 않았던 공고의 시간
톱과 망치와 대패의 날을 갈며
청춘의 꿈은 나락으로 처참히 무너지고

시간의 숨을 쫓으며 달게 형벌을 받아냈다.
끝없이 무너지는 십대의 방황,
수원공고 김순성 선생님이 글과 가장 가까운 학문, 지금은
하늘에 계십니다.
건축공학을 권하시어 끼니조차 아끼며 미치도록 밤을 벗기
고서
국립대(원서를 80년에 친구 부곡 하숙집 주인 어무니에게
오만 원 꿔 샀음, 빚입니다), 충북대학교 건축공학과에 들어가
건축설계를 한다.

건축은 인간, 시간 , 공간, 생활이라는 개념처럼 푹 빠지어 라면을 핥으며 나날을 질리게 여삼추로 보내고 있었지만,

가슴에 웅크리고 앉아서 우는 나, 시골길을 걷던 청춘의 아픔을 다독거리기에는 시도 때도 없이 온몸을 할퀴는 어둠의 시간이 나를 그냥 놔두지 않았다.

대학 4학년을 학교 건축설계실에 스티로폼 깔고 숙식을 핥으며 스케치하며 밤이 낮이 되도록 할퀴고 벗었지만, 돌아오는 통한은 더 깊게 살점을 팔 뿐이었다.

다행히 주례를 서 주신 홍대 나오신 스승님 김낙춘 교수님의 무한한 다독임에 눈을 부비며 디자인을 배울 수 있었고 졸업 후 김중업건축, 건원건축, 간삼건축, 무영건축 등 내로라 하는 최고의 건축설계사무소에서 디자인을 하면서 목을 추길 수 있었다.

제주라마다호텔, 삼성동 I-PARK(47층), 숭실대형남공학관, 오창 캠퍼스 기초과학연구소 , 동국대 정문(원 디자인 잘려나 감), 교수식당동 등을 설계하면 할수록 가슴은 쪼그라들고 영혼은 말라가며 술과 술로 육신을 잡는, 광인 같은 미친 밤을 쪼개고 패는 시간의 연속이었다.

아틀리에 연구소 차리고 오년 만에 쫄딱 망하고 나서 시간을 꺾다 던진 몸뚱이 한강물을 배터지게 먹고 나서야 좋아지는 듯싶더니 또 다른 복병, 우울증과의 심한 싸움에 하루하루가 맑은 날이 없는 침묵하고 침잠하는 생사의 나날이었다.

그 어두운 동굴의 어느 어중간한 곳에서 책꽂이에 박혀 있던 일기장과 학회지의 잔해를 주으며 묻혀 있던 고통의 뿌리를 찾아 맘을 뿌리기 시작했다.

간간히 줄기차게 써 내려갔던 언어의 글궤를 짜기 시작했고 매일 글을 두 수 이상 쓰는 시간이 두 달 가까이 됐을 때 최우수상 등단 소식이 왔다.

잊은 업의 시간을 찾는 충만한 기억의 또 다른 시작이었다. 그렇게 빼앗긴 시간을 보상이라도 받듯 하루에 적게는 두 수, 많게는 십 몇 수를 정신없이 적시어 내려가며 나를 보고 확인하는 시간을 갖는다.

그렇게 헛하며 일천 수 이천 수의 글이 쌓여가며
엄니의 눈과 아부지의 허리를 붙들고, 장인 장모님의 사랑이 퇴적되며, 영혼을 꺼낼 수 있는 용기를 사랑하는 아내 사차원 토끼, 똘똘이와 조영숙 누님, 매형을 통해 실천합니다.

끝으로 꿈을 찾아가는 얼벗의 글을 소개합니다.
벗의 소개 글이 글 꿈을 디디는 데 축복이 되기를

이 글이

꿈을 잠시 잃었던
사람들
빛이 떠난 자리
바람이 멈추기를
빕니다.

2013년 11월
걸으며 언덕 계단에 앉아 잿빛 하늘을 보며
조성범

말로서 이루어진 시가
생명력이 약동하니 좋습니다.
많은 사람들이 시를 배우면서
인생을 배우고,

시를 쓰면서
인생을 설계할 수 있으면 좋겠습니다.

오늘 조성범 시인의 모든 시를 정독하면서
가슴 깊은 곳에
감동과 사랑을 느낍니다.

매화가 눈을 견디기는 힘들었음을 인정합시다.
모두가 추위 속에 꽃을 간직하지는 못합니다.
얼어 죽고 마는 수많은 나무와
굶고 얼어 죽는 동물들을 보면서
우리도 영적 강추위를 이겨내야 합니다.

지금이 아무리 힘들고 어려워도
매화가 꽃으로 봄을 기다리듯이
우리도 예쁜 사랑을 나누면서
남풍 불 날을 기다립시다.

이렇게 자연을 노래하니
너무 좋고 힘이 됩니다.

시인이 고통 속에서 꽃피우는 매화처럼
아픔 속에서 아름다운 시를 쓰시면
모두가 힘이 되고 격려가 됩니다.
더 좋은 시를 기다리며
힘찬 사랑과 응원을 보내 드립니다.

저도 손가락을 꺾어 소리내기를 좋아합니다.
고통 속에서도 새로운 삶을 향하는
거룩한 구도자들의 모습에 경의를 표합니다.
오늘도 본격적인 추위를 느끼면서 겨울을 기대합니다.
더 많은 사람이 아픔 속에서 사랑을 토하고
서로 감싸주는 좋은 겨울이 되기를 바랍니다.

사람이 발을 이고 갈 수는 없는 일인데
풀들은 목덜미와 등을 밟히고 있네요.

존재의 약한 모습에 숙연한 마음입니다.

시인의 예리한 눈이
어리석은 인간의 깊은 고뇌를 드러내시니
더 겸손한 마음으로
거룩하고 순결한 삶을 동경합니다.

대한민국이 통일되고
우리 모두가 허리에 철책을 걷어내며
남북이 같이 잘 사는 그런 날이 오기를 기대합니다.
시인의 노래가 통일을 앞당기며
더욱 깊은 은혜로 젖어듭니다.
저 북녘을 위한 기도가 끊이지 않았으면 좋겠습니다.

순수시로 서정시로.
온 세상에 아름다움을
심어 주세요.
밝음과 희망을 보여주세요.
거친 세상에 안식과 평안을 갖게 해주세요.

아픔과 탄식을 떨쳐버리고
모두에게 꿈을 주세요.

우리 주변은 삭막해도 어딘가는
이런 좋은 곳이 기다리고 있겠지요.
더 좋은 날을 기다리며
오늘 하루를 땀 흘리며 삽시다.

늘 좋은 시를 대할 수 있어서 행복합니다.
너무 아파하지 마시고,
풍성한 자연을 만끽하면서
행복한 노래가 많이 표출되기를 바랍니다.

이제 평안하신 시를 읽으니 고요해져요.
격동의 회오리를 잠재우시고
평온하게 자연을 벗 삼아 잔잔한 행복을 누리세요.

시인을 만나서 올 한해도 즐거웠고
또 많은 아픔도 함께 했습니다.

더 좋은 시로
온 백성을 행복하게,
모두에게 꿈과 소망과 사랑을 심어주세요.

권시혁